FÁBULAS

FÁBULAS ESOPO

Tradução e notas
CLARA CREPALDI

© *Copyright* desta tradução: Editora Martin Claret Ltda., 2017.
Tradução baseada no texto grego das fábulas estabelecido por Émile
Chambry (Ésope. *Fables*. Paris: Belle Letres, 1927). A numeração das fábulas aqui seguida também se refere a essa edição.

DIREÇÃO
Martin Claret

PRODUÇÃO EDITORIAL
Carolina Marani Lima
Mayara Zucheli

DIREÇÃO DE ARTE
José Duarte T. de Castro

DIAGRAMAÇÃO
Giovana Gatti Quadrotti

CAPA
Luciano Tasso

ILUSTRAÇÕES DE MIOLO
N. Mengden, Arthur Rackmam, Randolph Caldecott

REVISÃO
Beatriz de Paoli
Gabriele Fernandes

IMPRESSÃO E ACABAMENTO
Paulus Gráfica

Este livro segue o novo Acordo Ortográfico da Língua Portuguesa.

Dados Internacionais de Catalogação na Publicação (CIP)
(Câmara Brasileira do Livro, SP, Brasil)

Esopo
   Fábulas / Esopo; tradução e notas Clara Crepaldi. – São Paulo:
Editora Martin Claret, 2017.

ISBN 978-85-440-0150-9

1. Fábulas – Literatura infantojuvenil
2. Literatura infantojuvenil I. Título.

17-04789   CDD-028.5

Índices para catálogo sistemático:
  1. Fábulas : Literatura infantil   028.5
  2. Fábulas: Literatura infantojuvenil   028.5

EDITORA MARTIN CLARET LTDA.
Rua Alegrete, 62 - Bairro Sumaré - CEP: 01254-010 - São Paulo, SP
Tel.: (11) 3672-8144 - www.martinclaret.com.br
Impresso em 2017

SUMÁRIO

Prefácio 17

FÁBULAS

1. Os bens e os males 23
2. O vendedor de estátuas 23
3. A águia e a raposa 24
4. A águia e o escaravelho 25
5. A águia, a gralha e o pastor 26
6. A águia de asas depenadas e a raposa 26
7. A águia flechada 27
8. O rouxinol e o gavião 27
9. O rouxinol e a andorinha 27
10. O ateniense devedor 28
11. O etíope 28
12. O gato e o galo 29
13. O gato e os ratos 29
14. O gato e as galinhas 29
15. A cabra e o pastor 30
16. A cabra e o asno 30
17. O pastor e as cabras selvagens 31
18. A escrava feia e Afrodite 32
19. Esopo no estaleiro 32
20. Dois galos e uma águia 33
21. Os galos e a perdiz 33
22. Os pescadores e o atum 33

23. Os pescadores que pescaram uma pedra 34
24. O pescador que tocava o aulo 34
25. O pescador e os peixes grandes e pequenos 34
26. O pescador e o peixinho 35
27. O pescador que batia na água 35
28. A alcíone 35
29. As raposas no Meandro 36
30. A raposa de barriga inchada 36
31. A raposa e o espinheiro 37
32. A raposa e as uvas 38
33. A raposa e a serpente 38
34. A raposa e o lenhador 38
35. A raposa e o crocodilo 39
36. A raposa e o cão 39
37. A raposa e a pantera 39
38. A raposa e o macaco eleito rei 39
39. A raposa e o macaco que competiam por nobreza 40
40. A raposa e o bode 40
41. A raposa de cauda amputada 41
42. A raposa que jamais havia visto um leão 41
43. A raposa diante da máscara 42
44. Os dois homens que disputavam acerca dos deuses 42
45. O homicida 42
46. O homem que prometia o impossível 43
47. O homem covarde e os corvos 43
48. O homem mordido por uma formiga e Hermes 43
49. O homem e a mulher ríspida 44
50. O homem malévolo 45
51. O homem fanfarrão 45
52. O homem grisalho e as cortesãs 45
53. O homem naufragado 46
54. O homem cego 46
55. O impostor 47
56. O carvoeiro e o cardador 47
57. Os homens e Zeus 47
58. O homem e a raposa 48

59. O homem e o leão que viajavam juntos 48
60. O homem e o sátiro 49
61. O homem que despedaçou uma estátua 49
62. O homem que achou um leão de ouro 50
63. O urso e a raposa 50
64. O trabalhador e o lobo 51
65. O astrólogo 52
66. As rãs que pediam por um rei 52
67. As rãs vizinhas 52
68. As rãs no lago 53
69. A rã médica e a raposa 53
70. Os bois e o eixo 54
71. Os três bois e o leão 54
72. O boiadeiro e Héracles 54
73. Bóreas e o Sol 54
74. O vaqueiro e o leão 55
75. O rouxinol e o morcego 55
76. A doninha e Afrodite 56
77. A doninha e a lima 56
78. O velho e a Morte 56
79. O camponês e a águia 57
80. O camponês e os cães 57
81. O camponês e a serpente que havia matado seu filho 58
82. O camponês e a serpente congelada pelo frio 58
83. O camponês e seus filhos 58
84. O camponês e a Fortuna 59
85. O camponês e a planta 59
86. Os filhos do camponês em desacordo 59
87. A velha e o médico 60
88. A mulher e o homem bêbado 60
89. A mulher e as servas 61
90. A mulher e a galinha 61
91. A mulher feiticeira 61
92. A novilha e o boi 62
93. O caçador covarde e o lenhador 62
94. O porco e as ovelhas 62

95. Os golfinhos, a baleia e o cadoz 63
96. Dêmades, o orador 64
97. Diógenes e o careca 64
98. Diógenes em viagem 64
99. Os carvalhos e Zeus 65
100. Os lenhadores e o pinheiro 65
101. O abeto e a amoreira 65
102. A corça à fonte e o leão 66
103. A corça e a vinha 67
104. A corça e o leão numa gruta 67
105. A corça mutilada 67
106. O cabrito que estava em cima de uma casa e o lobo 68
107. O cabrito e o lobo que tocava o aulo 68
108. Hermes e o escultor 69
109. Hermes e a Terra 69
110. Hermes e Tirésias 70
111. Hermes e os artesãos 70
112. O carro de Hermes e os árabes 70
113. O eunuco e o sacerdote 71
114. Os dois inimigos 71
115. A víbora e a raposa 71
116. A víbora e a lima 71
117. A víbora e a hidra 72
118. Zeus e a vergonha 73
119. Zeus e a raposa 73
120. Zeus e os homens 74
121. Zeus e Apolo 74
122. Zeus e a serpente 74
123. Zeus e o barril de bens 74
124. Zeus, Prometeu, Atena e Momo 75
125. Zeus e a tartaruga 75
126. Zeus juiz 76
127. O Sol e as rãs 76
128. A mula 76
129. Héracles e Atena 77
130. Héracles e a Riqueza 78

131. O herói 78
132. O atum e o golfinho 78
133. O médico inábil 79
134. O médico e o doente 80
135. O gavião e a serpente 81
136. O gavião que relinchava 81
137. O caçador de pássaros e a cobra 82
138. O cavalo velho 82
139. O cavalo, o boi, o cachorro e o homem 82
140. O cavalo e o escudeiro 83
141. O cavalo e o burro 83
142. O cavalo e o soldado 84
143. O caniço e a oliveira 84
144. O camelo que defecou no rio 85
145. O camelo, o elefante e o macaco 85
146. O camelo e Zeus 85
147. O camelo que dançava 86
148. O camelo visto pela primeira vez 86
149. Os dois escaravelhos 86
150. O caranguejo e a raposa 87
151. O caranguejo e sua mãe 88
152. A nogueira 88
153. O castor 88
154. O jardineiro que regava as verduras 88
155. O jardineiro e o cachorro 89
156. O citarista 89
157. O tordo 89
158. Os ladrões e o galo 90
159. O ventre e os pés 90
160. O gaio e a raposa 90
161. O gaio e os corvos 90
162. O gaio e os pássaros 91
163. O gaio e as pombas 91
164. O gaio fujão 92
165. O corvo e a raposa 92
166. O corvo e Hermes 93

167. O corvo e a serpente 93
168. O corvo doente 93
169. A cotovia 93
170. A gralha e o corvo 94
171. A gralha e o cachorro 95
172. Os caracóis 95
173. O cisne levado em lugar do ganso 95
174. O cisne e o senhor 95
175. Os dois cães 96
176. As cadelas famintas 96
177. O homem mordido por um cão 97
178. O conviva canino ou o homem e o cachorro 97
179. O cão de caça e os cães 98
180. O cão, o galo e a raposa 98
181. O cão e o caracol 99
182. O cão e a lebre 99
183. O cão e o açougueiro 99
184. O cão adormecido e o lobo 100
185. A cadela que levava a carne 101
186. O cão que levava um sinete 101
187. O cão que perseguia um leão e a raposa 101
188. O mosquito e o leão 102
189. O mosquito e o touro 103
190. As lebres e as raposas 103
191. As lebres e as rãs 103
192. A lebre e a raposa 104
193. A gaivota e o gavião 105
194. A leoa e a raposa 105
195. A realeza do rei 105
196. O leão envelhecido e a raposa 105
197. O leão enclausurado e o camponês 106
198. O leão apaixonado e o camponês 106
199. O leão, a raposa e a corça 107
200. O leão, o urso e a raposa 108
201. O leão e a rã 108
202. O leão e o golfinho 109

203. O leão e o javali 109
204. O leão e a lebre 109
205. O leão, o lobo e a raposa 110
206. O leão e o rato agradecido 110
207. O leão e o onagro 111
208. O leão e o burro caçando juntos 111
209. O leão, o burro e a raposa 112
210. O leão, Prometeu e o elefante 112
211. O leão e o touro 113
212. O leão em fúria e o cervo 113
213. O leão que tinha medo do rato e a raposa 114
214. O bandido e a amoreira 114
215. Os lobos e os cães que guerreavam entre si 114
216. Os lobos e os cães reconciliados 115
217. Os lobos e as ovelhas 116
218. Os lobos, as ovelhas e o carneiro 116
219. O lobo orgulhoso de sua sombra e o leão 116
220. O lobo e a cabra 117
221. O lobo e o carneiro 118
222. O lobo e o cordeiro refugiado em um templo 118
223. O lobo e a velha 118
224. O lobo e a garça 119
225. O lobo e o cavalo 119
226. O lobo e o cão 120
227. O lobo e o leão 120
228. O lobo e o asno 120
229. O lobo e o pastor 121
230. O lobo satisfeito e a ovelha 121
231. O lobo ferido e a ovelha 121
232. A lamparina 122
233. O adivinho 122
234. As abelhas e Zeus 122
235. O apicultor 123
236. Os sacerdotes pedintes de Cibele 123
237. Os ratos e as doninhas 124
238. A mosca 124

239. As moscas 124
240. A formiga 125
241. A formiga e o escaravelho 125
242. A formiga e a pomba 126
243. O rato do campo e o rato da cidade 126
244. O rato e a rã 127
245. O náufrago e a maré 128
246. Os jovens e o açougueiro 128
247. O filhote e o cervo 128
248. O jovem perdulário e a andorinha 129
249. O doente e o médico 129
250. O morcego, a amoreira e a gaivota 129
251. O morcego e as doninhas 130
252. As árvores e a oliveira 130
253. O madeireiro e Hermes 131
254. Os viajantes e o urso 131
255. Os viajantes e o corvo 132
256. Os viajantes e o machado 132
257. Os viajantes e o plátano 133
258. Os viajantes e os gravetos 133
259. O viajante e a Verdade 133
260. O viajante e Hermes 134
261. O viajante e a Fortuna 134
262. Os asnos diante de Zeus 134
263. O homem comprando um asno 135
264. O asno selvagem e o asno doméstico 135
265. O asno que levava sal 136
266. O asno que levava uma imagem divina 136
267. O asno vestido na pele de um leão e a raposa 136
268. O asno que proclamava bem-aventurado o cavalo 137
269. O asno, o galo e o leão 137
270. O asno, a raposa e o leão 137
271. O asno e as rãs 138
272. O asno e a mula igualmente carregados 138
273. O asno e o jardineiro 138
274. O asno, o corvo e o lobo 139

275. O asno e o cãozinho ou o cão e o mestre 139
276. O asno e o cão que viajavam juntos 140
277. O asno e o tratador 140
278. O asno e as cigarras 140
279. O asno que era considerado leão 141
280. O asno que comia paliúro e a raposa 141
281. O asno que fingia mancar e o lobo 141
282. O caçador de pássaros, os pombos selvagens
e os pombos domésticos 142
283. O caçador de pássaros e a cotovia 142
284. O caçador de pássaros e a cegonha 142
285. O caçador de pássaros e a perdiz 143
286. A galinha e a andorinha 143
287. A galinha dos ovos de ouro 143
288. O rabo e o corpo da serpente 144
289. A serpente, a doninha e os ratos 144
290. A serpente e o caranguejo 144
291. A serpente pisoteada e Zeus 145
292. O menino que comia entranhas 145
293. A criança que caçava gafanhotos e o escorpião 145
294. A criança e o corvo 146
295. A criança e o leão pintado 146
296. A criança ladra e a mãe 147
297. A criança que se lavava 147
298. O depositário e o juramento 147
299. O pai e as filhas 148
300. A perdiz e o homem 149
301. A pomba sedenta 149
302. A pomba e a gralha 149
303. Os dois alforjes 149
304. O macaco e os pescadores 150
305. O macaco e o golfinho 150
306. O macaco e o camelo 151
307. Os filhos da macaca 151
308. Os navegantes 151
309. O rico e o curtumeiro 152

310. O rico e as carpideiras 152
311. O pastor e o mar 152
312. O pastor e o cão que abanava o rabo para as ovelhas 153
313. O pastor e os lobinhos 153
314. O pastor e o lobo criado com os cães 153
315. O pastor e o filhote de lobo 154
316. O pastor e as ovelhas 154
317. O pastor que trouxe o lobo ao curral e o cão 154
318. O pastor que brincava 155
319. O Conflito e a Insolência 155
320. O rio e o couro 155
321. A ovelha tosada 156
322. Prometeu e os homens 156
323. A rosa e o amaranto 156
324. A romãzeira, a macieira, a oliveira e o espinheiro 156
325. O corneteiro 157
326. A toupeira e sua mãe 157
327. O javali e a raposa 157
328. O javali, o cavalo e o caçador 158
329. A javalina e a cadela que se insultavam 158
330. As vespas, as perdizes e o lavrador 158
331. A vespa e a serpente 159
332. O touro e as cabras selvagens 159
333. O pavão e o grou 159
334. O pavão e a gralha 160
335. A cigarra e a raposa 160
336. A cigarra e as formigas 160
337. O muro e a estaca 161
338. O arqueiro e o leão 161
339. O bode e a videira 161
340. As hienas 161
341. A hiena e a raposa 162
342. A porca e a cadela acerca da fertilidade 162
343. O cavaleiro careca 162
344. O avarento 163
345. O ferreiro e seu cãozinho 163

346. O Inverno e a Primavera 163
347. A andorinha e a cobra 164
348. A andorinha e a gralha que disputavam acerca da beleza 164
349. A andorinha e os pássaros 164
350. A andorinha que se vangloriava e a gralha 165
351. A tartaruga e a águia 165
352. A tartaruga e a lebre 166
353. Os gansos e as gruas 167
354. As vasilhas 167
355. O papagaio e a doninha 167
356. A pulga e o atleta 168
357. A pulga e o homem 168
358. A pulga e o boi 168

PREFÁCIO

AS FÁBULAS ESÓPICAS

ANA THEREZA BASILIO VIEIRA*

As fábulas gregas (latinas, indianas) despertam o interesse de vários campos de estudo, literários, filológicos ou políticos e sociais. O emprego constante de animais como personagens dessas histórias relembra a aproximação do homem com as bestas — domésticas ou selvagens — em tempos remotos, em que a agricultura predominava na economia social. As pessoas dependiam dos animais para sobreviver: a caça constituía uma das grandes atividades de subsistência; ritos de iniciação religiosa usavam animais sacrificados; bestas passaram a serem usadas no trabalho mais pesado no campo e, depois de domesticados, alguns animais se integraram às famílias, fazendo parte do cotidiano familiar, adquirindo certas características humanas, enquanto que os humanos assumiam comportamentos animalescos. Portanto, nada mais natural que, na literatura, ocorresse a personificação desses animais, que apresentavam, por sua vez, traços estereotipados característicos de determinados comportamentos humanos; entretanto, estes traços, em geral, não se referem a pessoas específicas, mas a classes sociais, profissões ou grupos de pessoas. Assim, pois, os animais falam, riem, pensam, censuram, competem uns com os outros ou interagem com os humanos, sem despertar nenhum estranhamento no público.

---

* Ana Thereza Basilio Vieira é pós-doutoranda pela USP e professora associada da UFRJ de Língua e Literatura Latina.

Segundo Aristóteles, em sua *Retórica* 1393b,

> "as fábulas são apropriadas às arengas públicas e têm esta vantagem: é que sendo difícil encontrar factos históricos semelhantes entre si, ao invés, encontrar fábulas é fácil. Tal como para as parábolas, para as imaginar, só é preciso que alguém seja capaz de ver as semelhanças, o que é fácil para quem é de filosofia. Assim, é fácil prover-se de argumentos mediante fábulas...".[1]

Tanto na Grécia quanto em Roma, a fábula deve ter se difundido entre as classes menos instruídas. Apesar de exibir uma forma literária que segue determinados parâmetros de composição — extensão curta, moral implícita ou explícita —, a fábula é em sua origem uma produção oral, de cunho instrutivo, como eram também provérbios e pequenas prescrições ou citações, atribuídos aos sábios. Com uma linguagem universal, facilmente inferida por todos, a fábula expõe uma cultura homogênea, em que o erudito não se sobrepõe ao mais simples. Em verdade, a contradição serve de instrumento de interpretação da realidade.

O animal, presente na fábula, desperta um sentimento ambíguo no homem, posto que é uma fera e desperta receio, mas ao mesmo tempo é conhecido, pode ser doméstico, ou seja, muito próximo do universo daquele humano. Ademais, a associação de alguns animais com divindades antigas produzia uma espécie de veneração de um ser quase divino; ao menos em suas atribuições, os animais poderiam ser assim conceituados. No entanto, os animais não são os únicos personagens presentes neste tipo de narrativa: plantas, homens, deuses e até objetos podem igualmente ser partícipes de diversas narrativas. O que une a todos é o fato de apresentarem uma psicologia humana; mas um mesmo personagem pode exibir características contraditórias ao longo do livro assim, na fábula 195 "A realeza do rei", o leão se mostra um rei justo e sábio ao passo que, na fábula 201 "O leão e a rã", ele é impaciente e irascível.

---

[1] Aristóteles. *Retórica*. Trad. Manuel Alexandre Júnior *et alii*. Lisboa: Imprensa Nacional — Casa da Moeda, 2005.

Os homens são descritos conforme a atividade que exercem, como o camponês, o médico ou o bêbado, ou conforme a sua faixa etária, o jovem ou a velha, mas não nomeando ninguém em particular, à exceção do próprio Esopo, Dêmades ou Diógenes, sinônimos de pessoas sábias e conselheiras, desprovidas de seu caráter histórico. Os deuses, por sua vez, se ligam às narrativas que explicam a origem de um fato ou de um fenômeno, como na fábula 99 "Os carvalhos e Zeus", onde se explica a origem dos machados, advinda da própria árvore por eles cortada.

As fábulas esópicas contêm certa aura misteriosa: apesar de terem sido atribuídas a Esopo, contesta-se a composição da obra por um único autor, devido ao intervalo de tempo em que foram escritas — mais de um século —, e por não haver dados suficientes que comprovem a existência desse autor; provável produto de uma tradição oral, procedente da junção de variações de narrativas. As fábulas podem ser usadas como exemplo — caso em que a narrativa presume-se a regularidade de uma situação e a fábula estabelecerá uma espécie de norma fictícia a ser aplicada ao mundo real — ou como ilustração, evidenciando quais são as manifestações de uma regra já previamente conhecida e que será sempre utilizada no momento adequado.

Assim, a fábula 17 "O pastor e as cabras selvagens" mostra que os animais logo notam que o fato de o pastor alimentar melhor o novo rebanho em detrimento do antigo se repetirá no futuro, levando ao dolo das cabras mais antigas. A regularidade da ação serve de modelo para os que provavelmente enfrentarão situação semelhante. Em contrapartida, o lobo ilustra, nas fábulas, aqueles seres de caráter duvidoso, voraz, que só pensam em si, como na famosa fábula 221 "O lobo e o carneiro", em que não há regras para a crueldade do lobo tirano, ainda que o oponente mostre ter razão em sua elocução. Esta fábula foi replicada, por sua vez, ao longo dos tempos e deu origem a diversas outras narrativas, como "O lobo e o cordeiro", de Fedro, no século I d. C. em Roma, ou de La Fontaine, na França do século XVII.

A lição, comumente denominada de moral, coincide com o resultado da ação, representando uma possibilidade de se expressar numa sentença geral a finalidade do próprio relato. Nesta edição das fábulas de Esopo, a lição aparece sempre após o relato do episódio, dirigindo ao público ensinamentos ou advertências, como uma forma a mais de mostrar os limites de cada ação. Em verdade, é uma defesa da moderação mediante situações extremas: não se deve perder o controle, nem tentar burlar o destino, como na fábula 294 "A criança e o corvo", em que a moral é expressa ao longo da história, com a tentativa da mãe de lograr o destino previsto para seu filho.

Narrando um fato passado, a fábula se concentra numa cena única, onde se observam as noções de ambiguidade, inversão da situação e bivalência; ocorre inicialmente uma ação que se deseja manter ou mudar, gerando um conflito cujo resultado implica em sucesso ou derrota para o protagonista do episódio. Mas o conflito entre dois personagens se constitui na disposição primordial da narrativa; às vezes um terceiro personagem surge para resolver de vez a situação, como na fábula 200 "O leão, o urso e a raposa", em que os dois primeiros se debatiam por causa de uma presa e, quando já estão exauridos da luta, surge a raposa para levar o butim.

A presente edição das Fábulas de Esopo, contendo 358 pequenas narrativas, oferece aos leitores um material precioso para a compreensão de uma das formas literárias talvez mais usada ao longo dos tempos, mas esquecida de suas origens e de seu intento primeiro. Associada às argumentações discursivas retóricas ou à instrução dos menos instruídos ou de crianças, as fábulas continuam a despertar o interesse do público e merecem receber uma nova edição, onde se possa divisar a oralidade imanente a esse tipo de narrativa, bem como outra percepção do mundo real.

FÁBULAS

1. Os bens e os males

Pelos males, os bens foram perseguidos por serem fracos: para o céu eles subiram. E os bens perguntaram a Zeus como deveriam se portar entre os homens. Ele disse que se apresentassem aos homens não todos juntos, mas um de cada vez. Por essa razão, os males intermitentemente se apresentam aos homens, pois estão próximos, enquanto os bens são mais vagarosos, já que descem do céu.

A fábula mostra que com os bens ninguém rapidamente se depara, mas pelos males cada um é abatido a cada instante.

2. O vendedor de estátuas

Tendo um homem construído um Hermes de madeira e o levado à ágora, tentava vendê-lo. Como nenhum comprador se aproximasse, o homem, querendo atrair alguém, gritava que vendia uma divindade fazedora de bens e dispensadora de lucros. Um dos presentes lhe disse: "Você aí, por que o vende, sendo ele de tal sorte, quando poderia aproveitar suas vantagens?" E o homem respondeu: "O que eu preciso é de uma vantagem rápida, enquanto ele costuma dispensar seus lucros lentamente."

Ao homem ganancioso, que nem os deuses considera, a fábula é conveniente.

3. A águia e a raposa

Uma águia e uma raposa fizeram amizade e decidiram morar próximas uma da outra, fazendo da convivência uma confirmação da amizade. A águia subiu em uma altíssima árvore e fez seu ninho, enquanto a raposa foi ao arbusto abaixo e pariu. Mas, quando, um dia, a raposa saiu em busca de comida, a águia, precisando de alimento, voou até o arbusto, levou embora a cria da raposa e, com seus próprios filhotes, dela se banqueteou. Quando a raposa voltou, sabendo do ocorrido, não se afligiu tanto pela morte dos filhotes quanto pela vingança, pois, sendo um animal terrestre, não era capaz de perseguir um alado. Por isso, mantendo-se à distância, amaldiçoava o inimigo, que é só o que resta aos fracos e incapazes. Mas ocorreu que, não depois de muito tempo, a águia sofreu punição pelo seu sacrilégio contra a amizade. É que, quando sacrificavam um bode no campo, a águia voou até o altar e de lá levou uma víscera consagrada pelo fogo. Quando a trouxe ao ninho, um vento forte bateu, e de um pequeno graveto velho uma intensa chama se acendeu. E nisso os filhotes incendiados, como ainda não eram crescidos, caíram à terra. E a raposa correu até eles e, diante dos olhos da águia, devorou-os todos.

A fábula mostra que aqueles que traem a amizade, se escaparem do castigo dos injustiçados devido à fraqueza deles, não se livram, contudo, da vingança dos deuses.

4. A águia e o escaravelho

Uma águia perseguia uma lebre. A lebre, na ausência de quem a ajudasse, viu um escaravelho e apelou para o único que a ocasião lhe oferecia. O escaravelho a encorajou e, quando viu a águia se aproximar, pediu-lhe que não levasse embora sua suplicante. A águia, desdenhando o tamanho diminuto do escaravelho, devorou a lebre às suas vistas. Guardando rancor, o escaravelho não deixava de vigiar os ninhos da águia e, quando ela punha ovos, ele subia aos ares, rolava os ovos e os quebrava, até que, enxotada de toda parte, a águia apelou a Zeus — é a Zeus que este pássaro é consagrado — e lhe implorou um lugar seguro para criar seus filhos. Zeus lhe permitiu que pusesse ovos em seu colo, mas o escaravelho, vendo isso, fez uma bola de esterco, subiu aos ares e, quando estava diante do colo de Zeus, deixou cair a bola nele. Zeus, querendo se desvencilhar do esterco, levantou-se e, esquecido dos ovos, derrubou-os. Desde então, diz-se que, durante a estação dos escaravelhos, a águia não dá cria.

A fábula ensina a não menosprezar ninguém, pois não há quem seja assim tão impotente que, depois de humilhado, não possa um dia se vingar.

5. A águia, a gralha e o pastor

Voando desde um alto rochedo, uma águia arrebatou uma ovelha. Vendo isso, uma gralha, por inveja, quis imitá-la. E ela, com muito ruído, deixou-se abater sobre um carneiro. Mas, com as garras presas na lã, ela batia as asas sem poder alçar voo, até que o pastor, percebendo o que tinha acontecido, acorreu, agarrou a gralha e cortou-lhe as pontas das asas. Quando a noite caiu, ele levou a gralha para seus filhos. E, quando eles lhe perguntaram que pássaro era aquele, o pastor disse: "Pelo que bem sei, é uma gralha, mas ela quer é ser uma águia."

É assim que a disputa com os mais poderosos, além de nada realizar, ainda faz rir dos infortúnios.

6. A águia de asas depenadas e a raposa

Certa feita, uma águia foi capturada por um homem. Após cortar-lhe as penas, o homem a soltou em sua casa para viver entre as outras aves. A águia andava de cabeça baixa e, de tristeza, não comia nada, como se fosse um rei prisioneiro. Mas um outro alguém a comprou, arrancou-lhe as penas das asas e as untou com mirra de modo a lhe fazer emplumar. Quando a águia pôde voar e apanhar uma lebre com suas garras, levou-a para o homem como um presente. Uma raposa, que a isso assistiu, disse-lhe: "Não dê presentes a este, mas ao seu primeiro senhor, pois este é bom por natureza, mas aquele é quem você mais deve propiciar para que ele não arranque suas penas de novo, caso lhe capture outra vez."

A fábula mostra que é preciso retribuir com bens valiosos os benfeitores, mas dos maldosos com sabedoria se deve afastar-se.

7. A águia flechada

Do alto de um rochedo, uma águia empoleirada procurava lebres para caçar. Atirando um arco, um homem a acertou, e a flecha perfurou-lhe. A ponta, junto com as penas, parou diante de seus olhos. Vendo isso, a águia disse: "Isso é, para mim, uma dor a mais: morrer por minhas próprias penas."

A fábula mostra que o aguilhão da dor é mais terrível quando alguém é atingido por suas próprias armas.

8. O rouxinol e o gavião

Um rouxinol, empoleirado sobre uma alta árvore, cantava como de costume. Um gavião o viu e, como lhe faltava alimento, voou sobre ele e o capturou. O rouxinol, prestes a ser levado embora, pedia que o gavião o libertasse, dizendo que ele não era suficiente para, sozinho, encher a barriga do gavião e que ele deveria, se lhe faltava alimento, voltar-se para os pássaros maiores. E o gavião lhe respondeu: "Mas eu seria um estúpido, se, tendo alimento certo em minhas mãos, fosse correr atrás do que ainda não apareceu!"

Assim também, entre os homens, há os imprevidentes que, por esperança de coisas maiores, dispensam o que têm em mãos.

9. O rouxinol e a andorinha

Uma andorinha aconselhava um rouxinol a viver entre os homens e sob o mesmo teto deles morar, como ela mesma. Mas o rouxinol disse: "Não quero relembrar a aflição dos meus antigos infortúnios, por isso habito os lugares desertos."[1]

A fábula mostra que aquele que foi afligido por qualquer revés deseja evitar o próprio lugar em que a aflição lhe veio.

---

[1] O mito da origem do rouxinol diz que Tereu, rei da Trácia e marido de Procne, violou sua cunhada Filomela e cortou-lhe a língua para que ela não contasse a ninguém o que ele fez. Mas Filomela teceu sua história em um tapete, pelo qual Procne soube do ocorrido. Como vingança, as irmãs juntas mataram Ítis, filho de Tereu, e o serviram cozinhado ao pai. Os deuses transformaram Tereu em uma poupa, Procne em um rouxinol, que tristemente canta pela morte do filho, e Filomela em uma andorinha, que não tem língua para cantar. A história é contada em detalhes no livro IV das Metamorfoses de Ovídio.

10. O ateniense devedor

Em Atenas, um devedor, cobrado pelo credor, primeiro pediu que ele lhe desse uma prorrogação, dizendo estar sem recursos. Como não o convencia, trouxe uma porca que era a única que tinha e, na presença do credor, tentou vendê-la. Quando um comprador se aproximou e perguntou se a porca era fértil, o homem disse que não apenas procriava, como o fazia extraordinariamente, pois nos Mistérios pariu fêmeas e nas Panateneias machos. Como o comprador se impressionasse com a história, o credor lhe disse: "Não se assombre, pois ela ainda vai lhe gerar filhos nas Dionísias!"

A fábula mostra que muitos, pelo lucro pessoal, não hesitam nem mesmo em falsamente jurar coisas impossíveis.

11. O etíope

Um homem comprou um etíope, julgando que aquela cor dele era resultado do descuido do proprietário anterior. Levando-o para casa, passava-lhe todos os sabões, tentava limpá-lo com todos os banhos. A cor não lhe mudava, mas o etíope ficou doente por tudo o que o homem o fez penar.

A fábula mostra que as naturezas perseveram tal como se apresentavam desde o princípio.

12. O gato e o galo

Um gato, depois de apanhar um galo, quis devorá-lo com algum motivo razoável. E então o acusou de ser importuno para os homens por cacarejar durante a noite e não os deixar dormir. O galo se defendeu, alegando que lhes dava ajuda, pois os acordava para os trabalhos habituais. Outra vez, o gato apresentou uma acusação: de que o galo era sacrílego para com a natureza por se unir à mãe e às irmãs. O galo respondeu que isso também ele fazia para ajudar os seus senhores, pois assim as galinhas lhes colocavam muitos ovos para eles. E o gato disse: "Mas, se a você lhe sobram argumentos de bom feitio, ainda assim não ficarei malnutrido", e o devorou.

A fábula mostra que uma natureza covarde, decidida a sair do tom, se não pode assumir uma aparência de razoabilidade, sem disfarce faz o mal.

13. O gato e os ratos

Em uma certa casa, havia muitos ratos. Um gato, tendo sabido disso, para lá se mandou e, apanhando-os um a um, devorava-os. Os ratos, continuamente capturados, mergulharam em seus buracos, e o gato, não podendo mais alcançá-los, percebeu que precisava de um ardil para atraí-los para fora. Por isso, subiu numa estaca e se pendurou lá em cima, fazendo-se de morto. Um dos ratos deu uma espiada para fora e, como o visse, disse: "Ó amigo, ainda que você vire um saco, não vou me aproximar de você!"

A fábula mostra que os homens prudentes, quando já experimentaram a iniquidade de alguns, não mais são enganados por seus fingimentos.

14. O gato e as galinhas

Um gato, tendo ouvido dizer que em certa fazenda havia galinhas doentes, disfarçou-se de médico e, apanhando os instrumentos adequados à ciência, lá foi. Estando defronte à fazenda, perguntou-lhes como estavam. E elas responderam: "Estaremos bem", disseram, "se você for embora daqui."

Assim também, entre os homens, os maus não passam desapercebidos pelos sensatos, ainda que finjam as maiores gentilezas.

15. A cabra e o pastor

Um pastor chamava suas cabras para o estábulo. Uma delas ficou para trás, comendo algo gostoso. O pastor então lançou-lhe uma pedra que acertou seu chifre em cheio e o quebrou. Ele humilhou-se para que a cabra não contasse nada para o seu dono. Mas ela lhe disse: "Ainda que eu me cale, como poderia esconder isso? É evidente a todos que meu chifre está quebrado."

A fábula mostra que, sendo evidente a falta, não é possível escondê-la.

16. A cabra e o asno

Um homem alimentava uma cabra e um asno. E a cabra, invejando o asno por sua grande quantidade de comida, dizia que ele era infinitamente castigado, ora no moedor, ora carregando carga, e aconselhou-o a se fazer de epilético e cair num fosso para ter um repouso. O asno, obedecendo, caiu e se quebrou. O dono chamou o médico e lhe pediu socorro. O médico lhe disse para fazer uma infusão com um pulmão de uma cabra, o que recuperaria a saúde do asno. Sacrificada a cabra, o asno foi medicado.

A fábula mostra que aquele que maquina ardis para outrem torna-se ele mesmo a causa de seus males.

17. O pastor e as cabras selvagens

Um pastor, que guiara suas cabras para o pasto, viu que elas tinham se misturado a cabras selvagens. Quando a noite caiu, o pastor levou todas as cabras para a sua gruta. No dia seguinte, chegou uma grande tempestade. Não podendo levá-las ao pasto costumeiro, lá cuidou delas: às suas próprias cabras deu alimento contado, apenas para que não morressem de fome, enquanto que, para as forasteiras, ele aumentou a ração para se apropriar delas também. Como cessasse a tempestade, o pastor levou todas as cabras para o pasto, e as selvagens, tomando as montanhas, fugiram. Quando o pastor as acusou de ingratidão, visto que, depois de elas terem recebido cuidados excepcionais, abandonavam-no, elas se voltaram e lhe disseram: "Mas isso mesmo é razão maior para nos guardarmos: pois, se você honrava mais a nós, que tínhamos chegado ontem, do que às outras cabras de muito tempo, é evidente que, se ainda outras se aproximarem de ti, você vai preferi-las ante a nós."

A fábula mostra que não se deve receber alegremente a amizade dos que honram mais a nós, amigos recentes, do que aos antigos, considerando que, quando eles forem nossos amigos de muito tempo, preferirão os amigos recentes.

18. A escrava feia e Afrodite

Uma escrava feia e maliciosa era amada por seu dono. Recebendo ouro dele, ela se ornava esplendidamente e com sua dona rivalizava. Para Afrodite, a escrava sacrificava continuamente e rezava para que ela a fizesse bela. Em um sonho, Afrodite apareceu para a escrava e lhe disse que não lhe concederia a graça de torná-la bela: "Não! estou enraivecida e enfurecida com este homem, a quem você parece bela."

A fábula mostra que não devem se iludir aqueles que enriquecem por meios infames, sobretudo se são ignóbeis e feios.

19. Esopo no estaleiro

Esopo, o fabulista, em um momento de ócio, entrou em um estaleiro. Como os construtores navais zombassem dele e o provocassem para uma resposta, Esopo lhes disse que, no passado, havia o caos e a água, mas, porque Zeus queria revelar o elemento da terra, ordenou que ela engolisse três vezes o mar. A terra começou revelando primeiro as montanhas; no segundo gole, desnudou os campos: "E se ela resolver beber a água uma terceira vez, inútil será a arte de vocês."

A fábula mostra que os que fazem graça dos que são melhores esquecem que estão atraindo para si mesmos maiores problemas da parte deles.

20. Dois galos e uma águia

Dois galos lutavam pelas galinhas. Um deles pôs o outro em fuga. O derrotado, afastando-se para um lugar à sombra, escondeu-se, enquanto o vencedor elevou-se aos ares, posicionou-se em um alto muro e pôs-se a celebrar em alto e bom som. Logo uma águia voou até ele e o capturou. E o que estava escondido no escuro, sem medo, desde então, montou nas galinhas.

A fábula mostra que o Senhor se opõe aos arrogantes, mas aos humildes concede graça.

21. Os galos e a perdiz

Um homem que tinha galos em sua casa, como achasse uma perdiz doméstica à venda, comprou-a e levou-a para casa para criá-la junto aos galos. Eles batiam nela e a perseguiam, e a perdiz ficou melancólica, achando que era desprezada por ser de outra espécie. Depois de um breve período, como visse que os galos brigavam entre si e não se separavam antes que um sangrasse o outro, a perdiz disse a si mesma: "Eu mesma não mais me aflijo por apanhar deles, pois vejo que eles não se contêm nem entre si."

A fábula mostra que os prudentes facilmente suportam os ultrajes dos vizinhos, quando veem que eles não se contêm nem mesmo diante dos parentes.

22. Os pescadores e o atum

Tendo os pescadores partido para a pesca e já penado muito tempo, nada capturavam. Sentados no barco, desanimavam. Nisso, um atum que era perseguido, com muito ruído, escapou pulando para o casco. Os pescadores pegaram-no, levaram-no à cidade e o venderam.

Assim, muitas vezes, o que a arte não nos provê a sorte nos concede.

23. Os pescadores que pescaram uma pedra

Os pescadores arrastavam uma rede. Como ela estivesse pesada, eles se alegravam e dançavam, pensando que a pesca tinha sido abundante. No entanto, quando puxaram a rede para a praia, descobriram que tinha poucos peixes, mas estava cheia de pedras e outras matérias. Não moderadamente se indignaram, irritando-se não tanto pelo ocorrido quanto por terem antecipado o contrário. Mas um deles, idoso, disse-lhes: "Vamos parar com isso, companheiros, pois da alegria, ao que parece, é irmã a dor, e nós, que antes nos alegramos tanto, deveríamos, em todo caso, sofrer algo de doloroso."

Quanto a nós, vendo como facilmente muda a vida, não devemos exultar sempre nas coisas, considerando que depois de muita bonança é forçoso que também venha a tempestade.

24. O pescador que tocava o aulo

Um pescador, experiente na aulética, apanhou seus aulos e redes e foi para o mar. Postou-se em uma rocha saliente e passou a tocar, pensando que, diante da doçura da música, os peixes espontaneamente se atirariam sobre ele. Mas como, depois de muito se esforçar, não estava nada mais próximo de ser bem-sucedido, deixou de lado seus aulos, apanhou a rede e, lançando-a à água, muitos peixes capturou. Ao jogá-los da rede à praia, como os visse tremulando, disse: "Sórdidos animais! Vocês que, quando eu tocava o aulo, não dançavam, mas, agora que parei, o fazem!"

Para aqueles que fazem algo fora do momento oportuno, essa fábula é oportuna.

25. O pescador e os peixes grandes e pequenos

Um pescador, que havia lançado ao mar sua rede para pescar, tornou-se possuidor de grandes peixes e os estendeu na terra. Mas os menores, pela malha, escaparam para o mar.

A fábula mostra que fácil é a salvação para aqueles que não são muito bem-sucedidos, mas quem tem muita glória raramente você vê escapar dos perigos.

26. O pescador e o peixinho

Um pescador que soltara sua rede no mar recolheu um peixinho. Sendo pequeno, o peixe pediu-lhe que não o apanhasse, mas o deixasse ir por causa de sua pequenez. "Mas quando eu crescer e for grande", disse, "você poderá me capturar, quando serei mais lucrativo para você." E o pescador lhe disse: "Insensato seria eu, se, com o ganho nas mãos, por pequeno que seja, fosse esperar pelo pressuposto, por grande que seja."

A fábula mostra que é irracional aquele que por esperança de coisas maiores desiste do que tem em mãos por ser coisa pequena.

27. O pescador que batia na água

Um pescador pescava em um rio. Tendo estendido a rede, de modo a bloquear a corrente de cada lado, amarrou uma pedra em uma bela linha de pesca e começou a bater na água para que os peixes, fugindo, caíssem desavisados no laço. Um homem que morava no lugar, vendo-o fazer isso, censurou-o por turvar a água e não lhes permitir beber água translúcida. O pescador respondeu: "Mas, se conceder que o rio não seja assim remexido, vou precisar morrer fome."

Assim também, nas cidades, os demagogos muito trabalham quando levam as pátrias ao conflito civil.

28. A alcíone

A alcíone é uma ave que ama o isolamento, vivendo todo o tempo no mar. Dizem que, para proteger-se dos homens à caça, ela faz ninhos nos rochedos próximos ao oceano. Certa feita, uma alcíone que estava prestes a colocar ovos viu uma elevada rocha sobre o mar e lá foi para fazer seu ninho. Tendo um dia saído para se alimentar, ocorreu que o mar, sob influência de ventos furiosos e revolto por ondas, subiu até o ninho e o inundou, matando os filhotes. Depois que a alcíone voltou, ao saber do ocorrido, disse: "Infeliz de mim, eu que, querendo me proteger da terra, fugi para esse mar, que me foi o mais desleal!"

Assim também, entre os homens, alguns se protegem dos inimigos esquecendo-se de que caem nas mãos de amigos muito mais perigosos do que os inimigos.

29. As raposas no Meandro

Um dia, umas raposas se reuniram no rio Meandro, querendo beber da água dele. Por causa do estrondo da água, exortavam umas às outras, não ousando entrar lá. Uma delas se pôs a falar, para depreciar as restantes, zombando da covardia delas; e, julgando-se mais nobre, audaciosamente pulou na água. Como a corrente a puxasse para o meio, as outras que estavam postadas na margem do rio para ela disseram: "Não nos deixe, mas volte e nos mostre o caminho pelo qual possamos beber sem perigo." E ela, sendo arrastada, disse-lhes: "Tenho uma mensagem para Mileto e para lá quero levá-la. Quando me desobrigar, mostrarei para vocês."

Para aqueles que por fanfarronice impõem perigos a si mesmos.

30. A raposa de barriga inchada

Uma raposa faminta, como visse em um oco de uma árvore pão e carne deixados por pastores, lá entrou e comeu. Tendo sua barriga inchada, não pôde mais sair e começou a gemer e lamentar. Uma outra raposa, que por lá passava, porque ouviu seu gemido, aproximou-se e perguntou a causa. Quando soube do ocorrido, a raposa disse à outra: "Permaneça um tempo aí dentro até que, quando você ficar como era quando entrou, assim facilmente saia."

A fábula mostra que as dificuldades das coisas o tempo desata.

31. A raposa e o espinheiro

Uma raposa que pulava uma cerca, depois que escorregou e estava a ponto de cair, agarrou-se em um espinheiro para se salvar. E quando seus pés, nas pontas do espinheiro, sangraram e doeram, ela lhe disse: "Ai de mim! Fugi em sua direção em busca de ajuda e pior você me tratou". "Mas você se enganou, minha cara", disse o espinheiro, "querendo se agarrar em mim, que costumo me agarrar em tudo."

A fábula mostra que assim também, entre os homens, são tolos os que acorrem à ajuda dos que por natureza mais cometem o mal.

32. A raposa e as uvas

Uma raposa faminta, como visse uvas dependuradas em uma árvore, quis se aproveitar delas, mas não pôde. Afastando-se, disse para si mesma: "Estão verdes."

Assim também, entre os homens, alguns, não podendo alcançar seus objetivos, por fraqueza culpam as oportunidades.

33. A raposa e a serpente

A raposa, tendo visto uma serpente adormecida, invejou seu comprimento. Desejando igualar-se a ela, deitou-se e tentou se esticar até que fez força demais e, sem perceber, se partiu.

Isto sofrem os que rivalizam com os mais fortes: eles se dilaceram antes que possam atingi-los.

34. A raposa e o lenhador

Uma raposa que fugia de caçadores, ao ver um lenhador, suplicou-lhe que a escondesse. E ele a exortou a entrar em sua cabana para se esconder. Não muito depois, chegaram os caçadores e perguntaram ao lenhador se ele havia visto uma raposa presente por lá. Ele, com a voz, negou tê-la visto, mas com a mão fez sinal indicando onde se escondia. Os caçadores não prestaram atenção no que ele indicava, mas no que ele dizia confiaram. A raposa, vendo-os se afastar, saiu sem dizer palavra e partiu. E quando o lenhador censurou-a, dizendo que ela se safou por causa dele, mas ela não o reconhecia por palavra, a raposa disse: "Eu lhe agradeceria, sim, se suas palavras fossem semelhantes aos atos de suas mãos e aos seus modos."

Aplicar-se-ia esta fábula àqueles homens que claramente anunciam suas virtudes enquanto praticam atos espúrios.

35. A raposa e o crocodilo

Uma raposa e um crocodilo competiam por nobreza. Muito se estendeu o crocodilo acerca da distinção de seus genitores, dizendo, por último, que seus pais eram ginasiarcas. E a raposa lhe disse: "Mesmo que você não o diga, pela sua pele se vê que por muitos anos você tem se cansado no ginásio."

Assim também, para os homens mentirosos, existe o exame dos fatos.

36. A raposa e o cão

Tendo se metido em um rebanho de ovelhas, uma raposa pegou um dos cordeiros para amamentar e fingia acarinhá-lo. Questionada por um cão por que fazia aquilo, disse: "Cuido e brinco com ele." E o cão lhe disse: "Se você não apartar agora o cordeirinho de si, vou lhe dar cuidados de cão."

Para o homem inescrupuloso e para o ladrão estulto, a fábula vem em boa hora.

37. A raposa e a pantera

Uma raposa e uma pantera competiam por beleza. Como a pantera, a cada instante, se referisse à diversidade de sua pelagem, a raposa a interrompeu e disse: "Mas quanto sou eu mais bela do que você! Eu que não no corpo, mas na alma, sou versátil!"

A fábula mostra que melhores do que as belezas do corpo são os ornamentos da alma.

38. A raposa e o macaco eleito rei

Após dançar e granjear boa reputação em uma reunião de animais irracionais, um macaco foi por eles eleito rei. A raposa teve inveja e, como visse carne boiando em uma fonte, guiou-o até lá e lhe disse que havia achado um tesouro, que ela mesma não usaria, e que a dádiva estava reservada a ele, que era rei; e ela o exortou a pegá-la. O macaco descuidadamente se aproximou e foi fisgado pela fonte. Questionada sobre por que tinha armado para ele, a raposa disse: "Ó macaco, sendo assim tão estúpido, você quer ser rei dos animais irracionais?"

Assim os que irrefletidamente tentam as coisas são malsucedidos e ainda se tornam motivo de riso.

39. A raposa e o macaco que competiam por nobreza

Uma raposa e um macaco, que seguiam o mesmo caminho, competiam por nobreza. Muito argumentava cada um, quando chegaram a um certo lugar. Depois de para lá olhar, o macaco se lamentou. Quando a raposa perguntou a causa, o macaco apontou para os túmulos e disse: "Como não vou chorar ao ver as estelas funerárias dos meus antepassados libertos e escravos?" E a raposa lhe disse: "Minta quanto quiser! Nenhum deles se levantará para lhe pôr à prova."

Assim também, entre os homens, os mentirosos muito se gabam, quando não têm quem os ponha à prova.

40. A raposa e o bode

Uma raposa caiu em uma cisterna e por força lá ficou. Um bode, que estava com sede, foi à mesma cisterna. Vendo a raposa, o bode perguntou se a água era boa. E a raposa, satisfeita com a coincidência, elogiou a água e muito, dizendo como a água era ótima, e o exortou a descer. Depois que descuidadamente desceu, movido pelo desejo, logo que saciou a sede perguntou à raposa o caminho de volta. A raposa lhe respondeu: "Sei um jeito, se você quiser a salvação de ambos. Pressione seus pés contra o muro e levante os chifres, e, quando eu tiver subido, eu lhe puxo para cima." O bode prontamente a ouviu, e a raposa pulou ao longo das patas, dos ombros e chifres dele até achar a boca da cisterna e, saindo, afastou-se. Quando o bode a censurou por trair o combinado, a raposa se voltou e disse: "Oh, meu caro, se você tivesse tantas ideias quanto tem cabelos na barba, você não teria descido antes de averiguar o caminho de volta."

Assim também, entre os homens, devem os sensatos averiguar o desfecho das coisas e só então tentá-las.

41. A raposa de cauda amputada

Uma raposa, depois que teve sua cauda amputada em uma armadilha, de vergonha acreditava que tinha uma vida impossível de ser vivida. Decidiu então que deveria persuadir as outras raposas a fazerem o mesmo para que, no padecimento comum, escondesse sua própria desvantagem. Nisso reuniu todas e as exortou a amputar suas caudas, dizendo que elas não eram somente inconvenientes, como também um peso supérfluo pendurado a elas. Uma das raposas, respondendo, disse: "Oh, minha cara, se não conviesse a você, você não nos teria dado esse conselho."

A fábula assim calha àqueles que dão conselhos aos próximos não por boa vontade, mas por que lhes convêm.

42. A raposa que jamais havia visto um leão

Uma raposa que jamais havia visto um leão, topou, por acaso, com um. Vendo-o pela primeira vez, ficou tão perturbada que por pouco não morreu. Na segunda vez que deu com ele, teve medo, mas não tanto quanto na primeira. E, na terceira vez que o viu, estava tão confiante que até se aproximou e conversou com ele.

A fábula mostra que o costume abranda até mesmo as coisas apavorantes.

43. A raposa diante da máscara

Uma raposa que tinha ido à casa de um ator e examinado cada um de seus apetrechos, achou uma máscara de teatro belamente construída. Tomando-a nas mãos, disse: "Oh, que cabeça! Mas não tem cérebro!"

A fábula destina-se aos homens magníficos de corpo, mas tolos na alma.

44. Os dois homens que disputavam acerca dos deuses

Dois homens brigavam sobre qual dos deuses era o maior, Teseu ou Héracles. E os deuses, enfurecidos com eles, vingaram-se cada um contra o país do outro.

A fábula mostra que a discórdia dos subalternos convence os senhores a terem raiva dos súditos.

45. O homicida

Um homem que havia cometido um homicídio era perseguido pelos parentes da vítima. Estando próximo ao rio Nilo, deparou-se com um lobo e, com medo, subiu em uma árvore que havia junto ao rio e lá se escondeu. Lá ele viu uma cobra, que se erguia em sua direção, e deixou-se cair no rio. No rio, um crocodilo o devorou.

A fábula mostra que aos homens execrados nem a terra, nem o ar, nem a água são elementos livres de perigo.

46. O homem que prometia o impossível

Um homem pobre estava doente e mal. Quando os homens o desacreditaram, aos deuses orou, prometendo fazer uma hecatombe e dedicar oferendas, se ele se restabelecesse. Sua mulher, que calhava de estar presente, perguntou-lhe: "De onde vai tirar dinheiro para tais coisas?" E ele disse: "Pois você pensa que vou me restabelecer para que os deuses me cobrem?"

A fábula mostra que facilmente os homens se comprometem a coisas que eles não esperam realizar em ato.

47. O homem covarde e os corvos

Um homem covarde partia para a guerra. Mas, quando os corvos crocitaram, largou as armas e ficou quieto; depois, ergueu-as de volta e começou a ir embora. Como os corvos crocitassem de novo, o homem parou e finalmente disse: "Grasnem vocês o quanto puderem, mas de mim não provarão."

A fábula é sobre os muito covardes.

48. Um homem mordido por uma formiga e Hermes

Quando um homem viu um barco que havia naufragado com seus passageiros, disse que os deuses julgavam injustamente, pois, por causa de um sacrílego, destruíam também os inocentes. Quando dizia isso, como houvesse muitas formigas no lugar em que por acaso ele estava, ocorreu de ser mordido por uma. E ele, mordido por uma, pisoteou todas elas. Hermes lhe apareceu e, batendo-lhe com sua vara, disse-lhe: "Então não dirá você que os deuses julgam tal como você julga as formigas?"

Que ninguém blasfeme contra o deus quando lhe vêm adversidades, mas antes examine as suas próprias faltas.

49. O homem e a mulher ríspida

Um homem tinha uma mulher que era excessivamente ríspida com todos da casa e quis saber se ela era assim também com os escravos de seus pais. Por essa razão, ele a enviou ao seu pai com algum pretexto apropriado. Depois de poucos dias, ele voltou e lhe perguntou se os escravos lhe foram favoráveis. "Os vaqueiros e os pastores me olhavam de lado." E ele lhe disse: "Oh, mulher, se você causava ódio nesses que soltam os rebanhos de manhãzinha e voltam tarde, o que esperar dos que passavam o dia todo com você?"

Assim, muitas vezes, das coisas pequenas se conhecem as grandes, e do visível o invisível.

50. O homem malévolo

Um homem malévolo que tinha apostado com alguém provar que o oráculo de Delfos era mentiroso, no dia combinado, pegou na mão um pardal, escondeu-o na roupa e foi ao santuário. Prostando-se diante dele, indagou se era vivo o que tinha nas mãos ou inanimado, planejando, se dissesse que era inanimado, mostrar o pardal vivo, e, se dissesse que era vivo, esganá-lo e apresentá-lo. Mas o deus entendeu sua intenção perniciosa e disse: "Oh, meu caro, pare! Pois de ti depende que ele seja um cadáver ou um ser vivente."

A fábula mostra que o divino é inviolável.

51. O homem fanfarrão

Um pentatleta, que a toda hora os cidadãos repreendiam por covardia, um dia se afastou e depois de um tempo voltou, alardeando ter realizado muitas façanhas em outras cidades e que, em Rodes, saltara um pulo tal que nenhum dos vencedores das Olimpíadas jamais alcançara. E dizia que oferecia como testemunhas os que calharam de estar lá presentes, se efetivamente viessem um dia à cidade. Um dos presentes tomou a palavra e disse: "Oh, meu caro, se é verdade o que diz, nenhuma testemunha lhe é necessária, pois aqui mesmo estão Rodes e o salto."

A fábula mostra que sobre o que há prova evidente através dos atos todo dito é supérfluo.

52. O homem grisalho e as cortesãs

Um homem grisalho tinha duas cortesãs, das quais uma era jovem e outra velha. A de idade avançada, com vergonha de se unir a um homem mais jovem, persistia, se ele estava com ela, a arrancar seus pelos escuros. E a mais jovem, fugindo de ter um amante velho, tirava seus pelos grisalhos. E assim aconteceu que, depilado por ambas turno a turno, o homem ficou calvo.

Assim, o que é irregular, em toda a parte, é prejudicial.

53. O homem naufragado

Um rico ateniense navegava entre outros. Quando uma violenta tempestade surgiu e a nau revirava, todos os outros passageiros tentavam nadar, mas o ateniense chamava Atena a todo instante e lhe prometia muitas coisas, se fosse salvo. E um dos náufragos que nadava junto a ele lhe disse: "Com a ajuda de Atena, movimente também o seu braço!"

Quanto a nós, além dos apelos aos deuses, é preciso considerar que também façamos algo por nós.

54. O homem cego

Um homem cego costumava, ao segurar cada animal em suas mãos, dizer de que tipo ele era. Como um dia lhe entregassem um lobinho, depois de o apalpar, ficou em dúvida e disse: "Não sei se acaso é filhote de lobo, ou de raposa, ou de algum outro animal do tipo, mas bem sei que não é apropriado que ele fique junto a um rebanho de ovelhas."

Assim a disposição dos maliciosos muitas vezes se revela a partir da moldura exterior.

55. O impostor

Um homem pobre, que estava doente e mal, prometeu aos deuses que pagaria cem bois, caso o salvassem. Os deuses, querendo pô-lo à prova, rapidamente fizeram com que se recuperasse. O homem, reerguido, como carecia de bois genuínos, então modelou com gordura um a um os bois prometidos e os queimou em um altar, dizendo: "Recebam o prometido, ó divindades." Mas os deuses, querendo enganá-lo por seu turno, mandaram-lhe um sonho, exortando-o a ir à praia, pois lá ele encontraria mil moedas áticas. Como estivesse muitíssimo contente, ele foi correndo até a beira. Lá, então, caiu nas mãos de piratas que o levaram embora. Vendido por eles, encontrou as mil dracmas.

A fábula vem em boa hora para o homem mentiroso.

56. O carvoeiro e o cardador

Um carvoeiro que trabalhava em uma certa casa, como visse um cardador habitando próximo a ele, aproximou-se e o chamou para viver com ele, dizendo que seriam mais íntimos e que seria mais barato morar em uma única vivenda. E o cardador lhe respondeu: "Para mim, isso seria completamente impossível, pois o que eu embranquecesse você cobriria de fuligem."

A fábula mostra que os dessemelhantes não podem se associar.

57. Os homens e Zeus

Dizem que primeiro foram moldados os animais e que Zeus lhes concedeu a um força, a outro rapidez, a outro asas, mas o homem foi feito nu e disse: "A mim, apenas, você abandona, desprovido de benefício." E Zeus lhe disse: "Não percebe você a sua dádiva, ainda que tenha obtido a maior, pois você recebeu a razão, que é forte junto aos deuses e aos homens, é mais forte do que os fortes, mais rápida do que os rápidos." E então, reconhecendo a dádiva, o homem o reverenciou e agradeceu.

A fábula mostra que, tendo sido todos honrados pelos deuses com a razão, alguns não percebem uma tal honra e antes invejam os animais que são irracionais e não têm sensibilidade.

58. O homem e a raposa

Um homem tinha raiva de uma raposa que lhe causara prejuízo. Ao capturá-la, querendo vingar-se grandemente, amarrou em sua cauda um retalho de cânhamo embebido em óleo e lhe pôs fogo. Mas um deus guiou a raposa para os campos do homem que tinha lhe batido. Era o tempo da colheita, e o homem continuou a chorar por nada colher.

A fábula mostra que é preciso ser gentil e não se enfurecer além da medida, pois da cólera muitas vezes vêm grandes males aos irascíveis.

59. O homem e o leão que viajavam juntos

Um leão, certa vez, viajava com um homem. Cada um com palavras se vangloriava para o outro. Mas, no caminho, havia uma estela de pedra que representava um homem estrangulando um leão. Mostrando-a ao leão, o homem disse: "Você vê como somos mais fortes do que vocês." E o leão sorriu e disse: "Se os leões soubessem esculpir, muitos homens veria sob o leão."

A fábula mostra que muitos se vangloriam com palavras de serem valentes e corajosos, os quais a experiência refuta, quando postos à prova.

60. O homem e o sátiro

Dizem que um homem, certa vez, fez amizade com um sátiro. Quando o inverno chegou e fez frio, o homem trazia as mãos à boca e soprava. Quando o sátiro perguntou por que fazia aquilo, o homem disse que era para esquentar as mãos por causa do frio. Depois foi-lhes posta a mesa e, como a comida estivesse muito quente, o homem a levava à boca de pedacinho em pedacinho e assoprava. O sátiro perguntou-lhe de novo por que fazia aquilo, e o homem lhe disse que esfriava a comida, que estava quente demais. E o sátiro lhe disse: "Desisto da sua amizade, ó camarada, porque você, com a mesma boca, expele tanto o quente quanto o frio."

Quanto a nós, também devemos evitar a amizade daqueles cuja disposição é ambígua.

61. O homem que despedaçou uma estátua

Um homem que tinha um deus de madeira, sendo pobre, suplicava que ele lhe fosse benévolo. Como assim sucedesse e mais pobre ele ficasse, enfurecido, ele o pegou pela perna e, do altar, atirou-o contra a parede. No momento em que a cabeça da estátua se quebrou, o homem nela achou ouro, que ele recolheu e disse: "Torto e bruto, ao que me parece, você vem a ser, pois, honrando-lhe, nada me pagou, mas, quando lhe bati, me respondeu com muitas graças."

A fábula mostra que nada se lucra honrando um homem perverso, mas muito se ganha, quando se bate nele.

62. O homem que achou um leão de ouro

Um homem covarde e avarento encontrou um leão de ouro e disse: "Não sei o que será de mim nestas circunstâncias. Meu espírito está desorientado, e o que fazer eu não sei. Divide-me o amor ao dinheiro e a covardia da minha natureza. Que acaso ou que deus fizeram um leão de ouro? É o que agora debate minha alma: ela ama o ouro, mas teme a obra de ouro. O desejo me impele a apanhá-la, mas meu caráter me contém. Ó fortuna que dá e não concede tomar! Ó tesouro sem prazer! Ó graça divina tornada ingrata! Como então? Que maneira usarei? A que expediente recorro? Vou-me embora e para cá trarei meus servos para pegar o ganho com numerosos aliados, enquanto eu, de longe, serei espectador."

A fábula convém a algum rico que não ouse tocar ou usar sua riqueza.

63. O urso e a raposa

Um urso se vangloriava grandemente de que era amigo dos homens, porque não comia um corpo morto. A ele disse a raposa: "Que você despedaçasse cadáveres, e não os vivos!"

Assim a fábula põe à prova os cabotinos que vivem na hipocrisia e na vaidade.

64. O trabalhador e o lobo

Um trabalhador desatrelou a parelha e a levou para beber. Um lobo, que estava com fome e procurava comida, ao encontrar o arado, começou a lamber a canga dos bois, até que, aos pouquinhos, sem perceber, encaixou o pescoço sem poder mais tirá-lo, carregando o arado sobre os campos. Quando o trabalhador voltou e o viu, lhe disse: "Ah, criatura malévola! Se apenas você abandonasse a rapinagem e a incorreção e se voltasse para o trabalho com a terra!"

Assim os homens perversos, ainda que proclamem as maiores qualidades, pelo seu caráter não são confiados.

65. O astrólogo

Um astrólogo tinha o hábito de sempre sair ao entardecer para observar os astros. Um dia, quando dava voltas no subúrbio com a mente toda voltada para o céu, sem perceber caiu em uma cisterna. Como se lamentasse e gritasse, alguém que passava, porque escutou suas lamúrias, se aproximou e se inteirou do acontecido e então lhe disse: "Oh, meu caro, você que tenta ver as coisas do céu não enxerga as da terra?"

Essa fábula serviria àqueles que alardeiam prodígios, mas são incapazes de realizar as coisas comuns dos homens.

66. As rãs que pediam por um rei

As rãs, afligidas pela própria anarquia, enviaram embaixadores a Zeus, querendo que ele lhes desse um rei. Zeus, compreendendo a parvoíce delas, atirou uma madeira ao lago. As rãs, apavoradas pelo barulho, logo mergulharam para o fundo do lago. Mais tarde, como a madeira permanecesse imóvel, as rãs emergiram e a menosprezaram tanto que subiam em cima dela e lá se sentavam. Ressentidas de terem um rei tal, elas foram uma segunda vez a Zeus e pediram que lhes trocasse o líder, pois o primeiro era molenga demais. Mas Zeus, irritado, para elas enviou uma hidra, que as capturou e devorou.

A fábula mostra que é melhor ter líderes lerdos, mas não perversos, do que tempestuosos e malévolos.

67. As rãs vizinhas

Duas rãs eram vizinhas. Habitavam uma um lago fundo e distante do caminho, e a outra uma pequena poça no caminho. A do lago estimulava a outra a se mudar para junto de si, para que tivesse uma morada melhor e mais segura, mas ela não se convencia dizendo ser difícil partir do lugar habitual, até que aconteceu que uma carruagem que passava por lá a esmagou.

Assim também, entre os homens, os que gastam tempo com negócios mesquinhos não demoram a morrer, antes que se voltem às coisas mais nobres.

68. As rãs no lago

Duas rãs moravam no lago. Quando o verão secou o lago, elas o deixaram em busca de outro. Encontraram então uma cisterna funda, e, quando a viram, uma disse a outra: "Desçamos juntas, minha cara, nessa cisterna." E a outra respondeu: "Mas, se a água lá dentro também secar, como subiremos?"

A fábula mostra que não se deve aventurar-se irrefletidamente nas coisas.

69. A rã médica e a raposa

Certa feita, uma rã que estava em um lago gritava a todos os animais: "Eu sou médica e conhecedora dos remédios!" Uma raposa a ouviu e disse: "Como você vai salvar os outros, sendo que você manca e não trata a si mesma?"

A fábula mostra que o que não é iniciado na ciência, como será capaz de instruir os outros?

70. Os bois e o eixo

Os bois puxavam a canga. Como o eixo rangesse, voltaram-se a ele e disseram: "Oh, meu caro, sendo nós que carregamos todo o peso, você que guincha?"

Assim também, entre os homens, alguns, enquanto outros labutam, fingem afadigar-se.

71. Os três bois e o leão

Três bois ficavam sempre uns com os outros. Um leão, que queria comê-los, por causa da união entre eles não conseguia. Enganando-os com palavras encobertas, separou-os e, então, encontrando-os isolados uns dos outros, devorou-os.

A fábula mostra que se você quer realmente viver sem perigo, não confie nos inimigos, confie nos amigos e os preserve.

72. O boiadeiro e Héracles

Um boiadeiro guiava uma carroça para uma vila. Quando a carroça caiu em uma ravina funda, enquanto devia ajudar no desencalhe, ele ficou parado, e rezou apenas a Héracles, de todos os deuses, a quem muito honrava.
E Héracles apareceu e disse: "Agarre as rodas e aferroe os bois, e aos deuses só reze, quando estiver fazendo alguma coisa você também, ou vai rezar em vão."

73. Bóreas e o Sol

Bóreas e o Sol competiam sobre a força deles. Pareceu-lhes bom indicar a vitória para aquele que despisse um homem viandante.

Bóreas começou com veemência, e, como o homem segurasse a roupa, mais ele se impôs. O homem, oprimido ainda mais pelo frio, pegou uma roupa mais quente, até que Bóreas recuou e passou-o para o Sol. Esse então brilhou primeiro moderadamente. Quando o homem retirou o peso das vestes, com mais veemência o Sol aumentou o calor até que, não podendo mais suportar o ardor, o homem se despiu e foi tomar um banho em um rio que lá corria.

A fábula mostra que, muitas vezes, persuadir é mais efetivo do que obrigar.

74. O vaqueiro e o leão

Um vaqueiro que apascentava um rebanho de bois perdeu um bezerro. Após dar voltas e não o encontrar, prometeu a Zeus que, se encontrasse o ladrão, sacrificar-lhe-ia um cabrito. Tendo ido a um matagal e visto um leão devorando o bezerro, apavorado, ergueu as mãos para o céu e disse: "Zeus soberano, antes lhe prometi sacrificar um cabrito se achasse o ladrão, agora lhe sacrificarei um boi, se escapar às garras do ladrão."

Dir-se-ia esta fábula a qualquer homem mal-aventurado, o qual em dificuldades reza por encontrar solução, mas, quando encontra, procura fugir dela.

75. O rouxinol e o morcego

Um rouxinol, pendurado a uma janela, cantava durante a noite. Um morcego, que de longe ouvira sua voz, aproximou-se e perguntou por que razão se calava durante o dia e à noite cantava. O rouxinol disse que não era em vão que fazia isso, pois quando cantava de dia foi capturado, pelo que ficou prudente. E o morcego lhe disse: "Mas agora você não precisa mais se resguardar, quando não há mais remédio, mas sim deveria tê-lo feito antes de ter sido capturado."

A fábula mostra que, depois das desditas, o arrependimento se faz inútil.

76. A doninha e Afrodite

Uma doninha, apaixonada por um belo jovem, rogou que Afrodite a metamorfoseasse em mulher. A deusa se compadeceu de seu sofrimento e a transformou em uma formosa mulher; e assim o jovem a viu, apaixonou-se por ela e a levou para sua casa. Estando os dois no tálamo, Afrodite quis saber se, mudado o corpo da doninha, seu caráter também estaria alterado, e pôs um rato lá no meio. A doninha, esquecendo-se das circunstâncias, levantou-se da cama e perseguiu o rato para devorá-lo. E a deusa, enfurecida contra ela, restituiu-lhe sua forma original.

Assim também, entre os homens, os perversos por natureza, ainda que alterem o aspecto exterior, em todo o caso não mudam o caráter.

77. A doninha e a lima

Uma doninha, que entrara na oficina de um ferreiro, começou a lamber uma lima que lá estava. Aconteceu que, tendo raspado a língua, muito sangue produziu. E a doninha se alegrou, imaginando extrair alguma coisa do ferro, até que perdeu totalmente a língua.

A fábula é para aqueles que machucam a si mesmos em disputas.

78. O velho e a Morte

Um velho que cortara lenha e a carregava subia um longo caminho. Por causa do cansaço, ele arriou a carga e chamou pela Morte. A Morte apareceu e lhe perguntou por que causa ele a chamava, e o velho disse: "Para que você me levante a carga."

A fábula mostra que todo homem ama a vida, ainda que seja infortunado.

79. O camponês e a águia

Um camponês, que havia achado uma águia presa em uma armadilha, admirou-se da sua beleza e a desprendeu e libertou. E a águia não se mostrou desprovida de gratidão: vendo-o sentado sob um muro em ruína, voou até ele e apanhou com as garras o chapéu que ele tinha na cabeça. O camponês se levantou e a perseguiu, e a águia soltou-lhe o chapéu. Quando voltou, o camponês encontrou o muro desmoronado onde estava sentado e se admirou da sua recompensa.

A fábula mostra que os que recebem uma gentileza devem retribuí--la.

80. O camponês e os cães

Um camponês, enclausurado em casa por conta do inverno, porquanto não pudesse sair para obter alimento para si, começou a comer primeiro as ovelhas. E, como o inverno persistia, passou a banquetear-se também com as cabras. Em terceiro lugar, como não surgisse nenhuma solução, avançou também sobre os bois do arado. Os cães, vendo o que se passava, disseram uns aos outros: "É preciso que partamos daqui, pois o mestre, se não se conteve diante dos bois que trabalhavam com ele, como nos poupará?"

A fábula mostra que é preciso guardar-se sobretudo daqueles que não se contêm em cometer injustiça para com os íntimos.

81. O camponês e a serpente que havia matado seu filho

Uma serpente, movendo-se sorrateiramente, matou o filho de um camponês. E este, sofrendo terrivelmente, apanhou um machado, foi para junto da toca dela e ficou de tocaia para que, quando ela saísse, logo a golpeasse. Quando a serpente deu uma espiada, o camponês descarregou seu machado, errou a cobra, mas partiu uma pedra que lá estava. Mais tarde, por precaução, o camponês chamou a serpente para que se reconciliasse com ele. E a serpente respondeu: "Mas nem eu posso fazer as pazes com você, vendo a pedra fraturada, nem você comigo, quando olhar para o túmulo do seu filho."

A fábula mostra que os grandes ódios não facilmente têm reconciliação.

82. O camponês e a serpente congelada pelo frio

Um certo camponês, que havia encontrado, no tempo do inverno, uma serpente congelada pelo frio, apiedou-se dela e lhe pôs no colo. Aquecida a serpente, ela recuperou sua natureza própria e picou seu benfeitor, matando-o. E, morrendo, ele disse: "Com justiça sofro, por ter tido piedade por um perverso."

A fábula mostra que imutáveis são as perversidades, ainda que sejam tratadas com as maiores gentilezas.

83. O camponês e os seus filhos

Um certo camponês, que estava a ponto de morrer e queria que seus filhos tivessem experiência na agricultura, convocou-os e disse: "Meus filhos, eu já estou deixando essa vida, mas vocês procurem o que escondi na vinha, e encontrarão tudo." E eles, pensando que lá houvesse um tesouro enterrado em algum lugar, cavucaram todo o solo da vinha depois da morte do pai. Não encontraram tesouro, mas a vinha, bem revolvida, deu muito mais frutos.

A fábula mostra que o trabalho é um tesouro para os homens.

84. O camponês e a Fortuna

Um camponês que revolvia a terra encontrou ouro. A cada dia, então, coroava a Terra, pois por ela havia sido beneficiado. Mas a

Fortuna lhe surgiu e disse: "Oh, amigo, por que à Terra atribui as minhas dádivas, as que eu lhe dei, querendo enriquecê-lo? Pois se mudam os tempos e para as mãos de outro vai o ouro, sei que, nesse caso, a mim você vai culpar."

A fábula mostra que é preciso reconhecer o seu benfeitor e retribuir--lhe a graça.

85. O camponês e a planta

Havia uma árvore no território do camponês que não dava frutos, mas apenas servia de refúgio para pardais e cigarras barulhentas. O camponês, porque ela era infrutífera, estava a ponto de cortá-la. Pegando o machado, começava a desferir o golpe. Mas as cigarras e os pardais suplicaram-lhe que não derrubasse o refúgio deles, mas o deixasse estar, para que eles nele cantassem e ao camponês também agradassem. Mas ele em nada os considerou e deu um segundo e um terceiro golpe. Como fizesse um oco na árvore, encontrou uma colmeia de abelhas e mel. Depois de experimentá-lo, largou o machado e honrou a árvore como se fosse sagrada, e cuidou dela.

A fábula mostra que não tanto os homens amam e honram o justo por natureza como por aspirar ao lucro.

86. Os filhos do camponês em desacordo

Os filhos do camponês estavam em desacordo. O camponês, já que com muitas recomendações não conseguia convencê-los com palavras a mudar, percebeu que deveria fazê-lo com atitudes, e exortou-os a trazer-lhe uma trouxa de gravetos. Quando fizerem o pedido, primeiro deu-lhes os gravetos reunidos e mandou que os quebrassem. Mas depois que, com toda a força, não conseguiram, soltou a trouxa e a cada um deles deu um graveto. Como os arrebentavam facilmente, disse: "No que se refere a vocês também, ó filhos, se estiverem em concórdia, vocês serão indomáveis para os inimigos, mas se estiverem em desacordo, serão presa fácil."

A fábula mostra que tanto mais forte é a concórdia quanto facilmente conquistável é a discórdia.

87. A velha e o médico

Uma velha mulher, doente dos olhos, chamou um médico sob pagamento. Ele veio e, toda vez que lhe passava unguento, surrupiava seus móveis. Tendo saqueado tudo e tratado a velha, o médico cobrou o pagamento combinado. Como a velha não quisesse pagar, ele conduziu-a aos arcontes. Ela disse que tinha prometido o pagamento, caso ele tratasse sua vista, mas agora estava pior do que antes da cura dele: "Pois antes via todos os móveis da casa," disse, "e agora não posso ver mais nenhum."

Assim os homens perversos não percebem que pela ganância geram prova contra si mesmos.

88. A mulher e o homem bêbado

Uma mulher tinha um marido bêbado. Querendo livrá-lo do vício, ela planejou o seguinte. Observou quando ele estava adormecido pela embriaguez e insensível como um morto, levantou-o pelos ombros, carregou-o ao cemitério, largou-o e partiu. Quando estimou que ele estivesse sóbrio, foi até a porta do cemitério e bateu. E ele disse: "Quem bate à porta?" A mulher respondeu: "Eu que venho trazer alimento aos mortos." E ele: "Não me traga o de comer, meu caro, mas o de beber. Aflige-me mencionando comida, mas não bebida." E a mulher, batendo no peito, disse: "Ai de mim, infeliz! Em nada lucrei com o plano, pois você, marido, não apenas não foi disciplinado, mas ainda se tornou pior, com o seu vício convertido em hábito!"

A fábula mostra que não se deve prolongar-se nas más ações, pois há um momento em que, ainda que o homem não queira, o hábito se impõe.

89. A mulher e as servas

Uma mulher viúva e trabalhadora tinha servas, que ela costumava acordar para os trabalhos ao canto do galo. E elas, continuamente exauridas, julgaram dever asfixiar o galo da casa, pois pensavam que era ele a origem dos seus males por acordar a patroa de madrugada. Mas sucedeu que, depois de o fazerem, vieram-lhes mais difíceis desgraças, pois a patroa, não mais sabendo a hora certa pelo galo, mais cedo acordava para o trabalho.

Assim para muitos homens suas próprias resoluções se tornam causa de males.

90. A mulher e a galinha

Uma mulher viúva tinha uma galinha que todo dia lhe botava um ovo. Imaginando que, se lhe desse mais milho, a galinha botaria duas vezes mais ovos por dia, assim o fez. Mas a galinha, tendo se tornado gorda, não pôde mais botar ovos nem mesmo uma vez ao dia.

A fábula mostra que os que pela cobiça almejam ter mais perdem também o que têm.

91. A mulher feiticeira

Uma mulher feiticeira que anunciava encantamentos contra a ira dos deuses sempre trabalhava muito e dessa forma ganhava a vida sem escassez. A respeito disso, alguns denunciaram-na por inovar nas coisas divinas e a levaram à justiça, e os acusadores a condenaram à morte. E alguém que a viu ser retirada do tribunal lhe disse: "Oh, minha cara, você que anunciava desviar a cólera das divindades, como não foi capaz de persuadir os homens?"

Usaria essa fábula alguém contra a mulher errante, que promete as maiores coisas, mas se prova incapaz nas coisas comuns.

92. A novilha e o boi

Uma novilha, vendo um boi trabalhar, julgou-o infeliz pela sua labuta. Mas, quando chegou um festival, o boi foi solto e a novilha capturada para o sacrifício. Vendo isso, o boi riu e disse para ela: "Ó novilha, por isso estava você desocupada, porque estava destinada a ser logo imolada."

A fábula mostra que o perigo ronda o desocupado.

93. O caçador covarde e o lenhador

Um caçador procurava o rastro de um leão. Tendo perguntado a um lenhador se vira o rastro do leão e onde dormia, ele disse: "O próprio leão já vou lhe mostrar." E o caçador, empalidecido pelo medo, batendo os dentes, disse a ele: "O rastro apenas procuro, não o próprio leão."

A fábula põe à prova os corajosos e os covardes, os audazes nas palavras e não nas ações.

94. O porco e as ovelhas

Um porco adentrou um rebanho de ovelhas e vivia com elas. Um dia, quando o pastor lhe apanhou, ele começou a gritar e resistir-lhe. E, como as ovelhas o culpassem por gritar e dissessem: "A nós ele sempre apanha e não gritamos", o porco disse a elas: "Mas não é igual a sua e a minha captura, pois vocês ele pega por causa da lã ou do leite, e a mim por causa da carne."

A fábula mostra que apropriadamente lamentam aqueles para quem o perigo não é pelo dinheiro, mas pela salvação.

95. Os golfinhos, a baleia e o cadoz

Os golfinhos e as baleias lutavam entre si. Como a desavença se intensificasse, emergiu um cadoz (é este um pequeno peixe) e tentou reconciliá-los. Um dos golfinhos tomou a palavra e lhe disse: "É mais tolerável para nós perecer lutando uns contra os outros do que ter você como mediador."

Assim certos homens que não valem nada, quando se acham em um momento de desordem, pensam ser alguém.

96. Dêmades, o orador

Dêmades, o orador, discursava um dia em Atenas e, como não prestavam muita atenção nele, pediu aos atenienses que lhe permitissem contar uma fábula de Esopo. Quando aquiesceram, ele começou dizendo: "Deméter, uma andorinha e uma enguia seguiam o mesmo caminho. Quando chegaram a um certo rio, a andorinha voou e a enguia mergulhou." Dizendo isso, calou-se. Quando lhe perguntaram: "E a Deméter, então, que coisa lhe aconteceu?", ele disse: "Está irritada com vocês, que abandonam as coisas da cidade em troca de fábulas de Esopo."

Assim, entre os homens, insensatos são os que fazem pouco caso do necessário, antes optando pelo prazeroso.

97. Diógenes e o careca

Diógenes, o filósofo cínico, insultado por alguém calvo, disse: "Eu mesmo não insultarei, longe de mim!, antes louvarei os cabelos que quiseram deixar essa cabeça perversa!"

98. Diógenes em viagem

Diógenes, o cínico, viajava quando chegou junto a um rio que transbordava, e parou, não sabendo o que fazer. Quando alguém acostumado a fazer a travessia viu-o em dificuldade, aproximou-se e, levantando-o, com gentileza o carregou. Diógenes ficou lá parado, culpando a pobreza pela qual não podia pagar o benfeitor. Ainda pensava nisso, quando o homem viu outro viajante que não era capaz de atravessar e correu a ele e o carregou. Diógenes se aproximou e lhe disse: "Eu mesmo não mais lhe terei gratidão pelo ocorrido, pois vejo que não por discernimento, mas por doença você o faz."

A fábula mostra que os que acodem os bons e os inúteis não parecem que agem por bondade, mas antes ganham a pecha de leviandade.

99. Os carvalhos e Zeus

Os carvalhos censuravam Zeus dizendo que "em vão somos trazidos à vida, pois mais que todas as outras árvores somos submetidos ao corte." E Zeus: "Vocês mesmos são os culpados pelos próprios infortúnios, pois se não gerassem os cabos dos machados e não fossem úteis à carpintaria e agricultura, os machados não os derrubariam."

Alguns que são a causa dos próprios males insensatamente põem a culpa no deus.

100. Os lenhadores e o pinheiro

Uns lenhadores partiam um pinheiro e, graças às cunhas que haviam feito dele, fendiam-no facilmente. E o pinheiro disse: "Não culpo tanto o machado que me golpeia quanto as cunhas de mim geradas."

A fábula mostra que não é tão terrível sofrer algo funesto de um homem estranho, quanto de um íntimo.

101. O abeto e a amoreira

Disputavam um contra o outro o abeto e a amoreira. O abeto se vangloriava dizendo: "Sou belo, alto e comprido e sirvo para fazer tetos para os templos e naus. Como você pode querer se comparar a mim?" E a amoreira respondeu: "Se você se lembrar dos machados e das serras que o cortam, você também antes quereria ser amoreira."

A fábula mostra que não se deve, na vida, exaltar-se da fama, pois a vida do vulgo é sem perigo.

102. A corça à fonte e o leão

Uma corça, com sede, aproximou-se de uma fonte. Depois de beber, como visse sua própria sombra na água, orgulhou-se de seus chifres, vendo seu tamanho e colorido, mas com as patas se agastou por serem finas e fracas. Ainda pensava em si mesma, quando um leão apareceu e a perseguiu. Ela se pôs em fuga e passou muito à sua frente, pois a força das corças está nas patas, enquanto a dos leões está no peito. Enquanto a planície era nua, ela, correndo à frente, se salvava; mas, quando chegou a um lugar arborizado, então aconteceu de seus chifres se embaraçarem nos galhos, e ela, não podendo correr, foi capturada. Quando estava prestes a morrer, disse a si mesma: "Coitada de mim! Eu que, pelo que deveria me trair, por ele era salva, e no que muito confiava, por ele sou arrasada!"

Assim, muitas vezes, nos perigos, os amigos suspeitos são os que nos salvam, e aqueles em que muito confiamos são traidores.

103. A corça e a vinha

Uma corça, fugindo de caçadores, escondeu-se sob uma vinha. Quando eles lhe passaram um pouco, a corça, julgando estar perfeitamente escondida, começou a comer folhas da vinha. Como elas se movessem, os caçadores voltaram e pensaram — o que era verdade — que havia algum bicho escondido sob as folhas, e a golpes mataram a corça. E ela, no que morria, dizia o seguinte: "Tenho o que mereço, pois não deveria ter maltratado a minha salvadora."

A fábula mostra que os que são injustos a seus benfeitores pelo deus são punidos.

104. A corça e o leão numa gruta

Uma corça, fugindo de caçadores, chegou a uma gruta, onde estava um leão, e nela entrou para se esconder. Capturada pelo leão e prestes a morrer, disse: "Infeliz de mim! Eu que, fugindo dos homens, entreguei-me nas mãos de uma fera."

Assim, alguns homens, por medo de um perigo menor, se lançam a um maior.

105. A corça mutilada

Uma corça que tinha um dos olhos mutilado chegou a uma praia e lá pastava, com o olho saudável voltado para a terra a vigiar a chegada dos caçadores, e o mutilado voltado para o mar, pois dele não suspeitava nenhum perigo. Mas, então, algumas pessoas que navegavam ao largo daquele lugar viram-na e capturaram-na. E, no que morria, a corça dizia a si mesma: "Miserável sou eu, que, enquanto vigiava a terra como se fosse traiçoeira, muito mais duro me foi o mar, no qual buscava refúgio."

Assim, muitas vezes, em nosso cálculo, as coisas que nos parecem duras descobrem-se benéficas, e o que julgamos seguro é perigoso.

106. O cabrito que estava em cima de uma casa e o lobo

Um cabrito que estava em cima de uma casa, quando viu passar um lobo, pôs-se a insultá-lo e a zombar dele. E o lobo disse: "Você aí! Não é você que me insulta, mas o lugar em que está."

A fábula mostra que, muitas vezes, também o lugar e a ocasião dão a coragem contra os mais fortes.

107. O cabrito e o lobo que tocava o aulo

Um cabrito que vinha atrás do rebanho era perseguido por um lobo. Virando-se, o cabrito diz ao lobo: "Estou convencido, ó lobo, de que sou sua refeição, mas, para que eu não morra ingloriosamente, toque o aulo, e eu dançarei." Enquanto o lobo tocava e o cabrito dançava, os cães ouviram, aproximaram-se e perseguiram o lobo. Virando-se o lobo, disse ao cabrito: "Bem feito para mim! Pois não deveria, sendo carniceiro, imitar o auleta."

Assim, os que fazem algo sem considerar as circunstâncias perdem até o que têm em mãos.

108. Hermes e o escultor

Hermes, querendo saber quanto lhe estimavam os homens, apareceu, na forma de um homem, no ateliê de um escultor. Quando viu a estátua de Zeus, perguntou quanto era. Quando o escultor lhe disse que era uma dracma, Hermes riu e perguntou quanto custava a de Hera. O escultor lhe disse que era ainda mais cara. E, quando Hermes viu uma estátua de si mesmo, pensou o seguinte: já que era mensageiro e também favorecedor de lucros, muito mais o estimariam os homens. Por isso perguntou quanto era aquela estátua, e o escultor lhe disse: "Se você comprar aquelas duas, essa eu lhe darei de brinde."

Para o vaidoso que nenhuma consideração tem pelos outros, a fábula cai bem.

109. Hermes e a Terra

Zeus, após moldar o homem e a mulher, chamou Hermes para guiá-los à terra e lhes mostrar onde deveriam cavar para encontrar alimento. Quando Hermes fez o que lhe havia sido ordenado, a Terra primeiro tentou impedir. Como Hermes insistisse dizendo que Zeus o havia ordenado, ela disse: "Que cavem o quanto quiserem, pois me pagarão com gemidos e lágrimas."

Aos que facilmente fazem empréstimos e com sofrimento pagam, a fábula é conveniente.

110. Hermes e Tirésias

Hermes, querendo testar se a mântica de Tirésias era verdadeira, roubou seus bois do campo e foi encontrá-lo na cidade. Tomando a forma de um homem, hospedou-se em sua casa. Tirésias, informado da perda de sua parelha, pegou Hermes e foi ao subúrbio observar o que os pássaros lhe diziam a respeito do roubo, e pediu a Hermes que lhe dissesse qual pássaro ele via. E Hermes, ao ver primeiro uma águia que voava da esquerda para a direita, relatou-lhe isso. Tirésias lhe disse que isso não era para eles. Da segunda vez, Hermes viu uma gralha empoleirada em uma árvore, que ora olhava para cima, ora curvava-se para a terra, e o revelou. E Tirésias respondeu: "Mas essa gralha jura pelo céu e pela terra que, se você quiser, terei de volta meus bois."

Aplicar-se-ia esta fábula contra aquele que roubar.

111. Hermes e os artesãos

Zeus mandou que Hermes vertesse a todos os artesãos o fármaco da mentira. Hermes então o triturou, preparou uma parte igual para cada um e o derramou. Mas como só restasse o sapateiro e sobrasse muito fármaco, o deus pegou toda a poção e a despejou nele. É por isso que todos os artesãos mentem, mas os sapateiros mais do que todos.

Para um homem mentiroso, a fábula é conveniente.

112. O carro de Hermes e os árabes

Hermes, uma vez, conduzia por toda a terra um carro repleto de mentiras, patifarias e enganos, distribuindo em cada país uma pequena parte de sua carga. Mas, quando chegou ao país dos árabes, diz-se que o carro, de repente, quebrou. E os árabes, como se tratasse de carga valiosa, pilharam o carro e não deixaram que Hermes se dirigisse aos outros homens.

A fábula mostra que os árabes, acima de toda nação, são mentirosos e trapaceiros; na língua deles, com efeito, não existe verdade.

113. O eunuco e o sacerdote

Um eunuco se dirigiu a um sacerdote, pedindo-lhe que fizesse um sacrifício em seu favor para que ele se tornasse pai. E o sacerdote lhe disse: "Quando penso no sacrifício, peço que você se torne pai; mas, quando vejo suas feições, você nem me parece homem."

114. Os dois inimigos

Dois homens que se odiavam navegavam na mesma nau, um dos quais se sentava à popa, o outro à proa. Como uma tempestade tivesse surgido e a nau já estivesse prestes a afundar, o que estava na popa perguntou ao timoneiro qual das partes do barco iria afundar primeiro. Quando o piloto disse que a proa, o homem falou: "Mas para mim a morte não tem nada de doloroso, se eu vou ver antes de mim morrer o inimigo."

A fábula mostra que muitos em nada se preocupam com os danos que os atingem, se podem ver os inimigos arruinados antes deles mesmos.

115. A víbora e a raposa

Uma víbora era levada pelo rio em um feixe de espinhos. Uma raposa que passava, ao vê-la, falou: "Digna do barco é a barqueira."

Para o homem vil que faz manobras com coisas perversas.

116. A víbora e a lima

Uma víbora, que tinha entrado na oficina de um ferreiro, pediu às ferramentas um tributo. Tendo o recebido das outras, dirigiu-se à lima e pediu que ela lhe desse algo. E ela lhe respondeu: "Ingênua é você de achar que obterá algo de mim, eu que estou habituada não a dar, mas a tomar."

A fábula mostra como fazem esforços improfícuos os que tentam obter qualquer lucro dos avaros.

117. A víbora e a hidra

Uma víbora vinha costumeiramente beber a uma fonte. Uma hidra que lá morava tentou impedi-la, indignando-se porque a víbora não se contentava com seu próprio pasto, mas também à sua residência vinha. Como a rivalidade crescesse cada vez mais, concordaram que batalhassem entre si e da vencedora seriam os pastos da terra e da água. Depois que elas tinham fixado o dia, as rãs, por raiva da hidra, aproximaram-se da víbora e encorajaram-na, prometendo que se aliariam a ela na batalha. Tendo a batalha começado, a víbora lutava contra a hidra, enquanto as rãs, não podendo fazer mais nada, coaxavam alto. E a víbora, vencedora, censurou as rãs porque, tendo prometido que se aliariam a ela, fora da batalha não apenas não a ajudaram, como também ficaram a cantar. E as rãs lhe responderam: "Saiba bem, minha cara, que nossa aliança não se dá pelos braços, mas apenas pela voz."

A fábula mostra que, lá onde há necessidade de braços, a ajuda por palavras de nada serve.

118. Zeus e a vergonha

Zeus, ao moldar os homens, todas as outras disposições lhes colocou, mas esqueceu apenas de incutir-lhes a vergonha. Por conseguinte, não tendo por onde a introduzir, pelo ânus mandou-a entrar. Ela primeiro se opôs, indignada com tal tratamento. Quando Zeus muito a pressionou, ela disse: "Eu entro, mas apenas sob a condição de que Eros não entrará por lá; se ele entrar, eu mesma sairei imediatamente." Disso advém que os sodomitas são todos desavergonhados.

A fábula mostra que os que são dominados pelo amor acabam desavergonhados.

119. Zeus e a raposa

Zeus, maravilhado com a inteligência de espírito e sutileza da raposa, deu-lhe a realeza entre os animais irracionais. Mas, querendo saber se, mudada a sorte, mudava também a sua mesquinharia, quando ela passava carregada em sua liteira, Zeus deixou cair um escaravelho diante dos olhos dela. E ela, incapaz de se conter, enquanto o escaravelho voava ao redor da liteira, desordenadamente saltou e tentou capturá-lo. E Zeus, irritado, restituiu-lhe à sua antiga condição.

A fábula mostra que os homens comuns, mesmo quando tomam as aparências mais brilhantes, não mudam, ao menos, sua natureza.

120. Zeus e os homens

Zeus, após moldar os homens, ordenou que Hermes lhes despejasse inteligência. E ele, tendo preparado porções iguais, despejou em cada um a sua. Aconteceu que os baixinhos, preenchidos pela porção, tornaram-se sensatos, enquanto os altos, como o líquido não alcançasse todo o corpo, tornaram-se mais desatinados.

Ao homem grande em estatura, mas insensato na alma, a fábula é conveniente.

121. Zeus e Apolo

Zeus e Apolo disputavam ao arco. Quando Apolo esticou seu arco e lançou sua flecha, Zeus deu uma passada tão grande quanto a distância que a flecha de Apolo acertou.

Assim, os que rivalizam com os mais fortes, além de não os atingir, prestam-se ao riso.

122. Zeus e a serpente

Quando Zeus se casou, todos os animais lhe trouxeram presentes, cada um segundo sua capacidade particular. A serpente, trazendo uma rosa à boca, arrastou-se até ele. Ao vê-la, Zeus disse: "Recebo os presentes de todos os outros animais, mas de sua boca não recebo nada de forma alguma."

A fábula mostra que os favores dos perversos são temíveis.

123. Zeus e o barril de bens

Zeus encerrou todos os bens em um barril e o deixou com um homem. O homem, curioso, querendo saber o que havia nele, tirou-lhe a tampa, e todos os bens voaram para junto dos deuses.

A fábula mostra que para os homens há apenas a esperança do que os bens perdidos prometem dar.

124. Zeus, Prometeu, Atena e Momo

Como Zeus, Prometeu e Atena houvessem feito, Zeus um touro, Prometeu um homem, e Atena uma casa, escolheram Momo como árbitro. E ele, invejoso das criações, começou dizendo que Zeus, de um lado, havia errado por não colocar os olhos do touro sobre seus chifres para que visse onde batia, e Prometeu, de outro lado, por não ter pendurado para fora o coração do homem de modo que os perversos não passassem despercebidos e que visível fosse o que cada um tem no peito. Em terceiro lugar, disse que Atena deveria colocar sobre rodas sua casa para que, caso um perverso se instalasse como vizinho, ela facilmente pudesse ser mudada. E Zeus, irritado por seu mau-olhado, lançou-o para fora do Olimpo.

A fábula mostra que nada é assim proveitoso que não receba alguma censura.

125. Zeus e a tartaruga

Zeus, ao se casar, recebia todos os animais. Como somente a tartaruga faltara, sem entender o motivo, Zeus perguntou-lhe no dia seguinte por que somente ela não foi ao banquete. E ela lhe disse: "Lar, doce lar."[2] Irritado com ela, Zeus providenciou que ela andasse por aí carregando a própria casa.

Assim muitos homens preferem viver em casa frugalmente do que habitar suntuosamente junto a outros.

---

[2] O provérbio grego se traduz literalmente como "minha casa, melhor casa".

126. Zeus juiz

Zeus ordenou que Hermes escrevesse em óstracos os erros dos homens e os pusesse em uma urna junto a si para que ele cobrasse a punição de cada um. Mas, como os óstracos se misturaram, um mais devagar, outro mais rapidamente cai nas mãos de Zeus, para então ser belamente julgado.

A fábula mostra que não é preciso se admirar se os injustos e os perversos não recebem mais rapidamente o que lhes é devido por suas injustiças.

127. O Sol e as Rãs

Durante o verão, aconteciam as núpcias do Sol. Todos os animais se alegravam com ele, e também as rãs o celebravam. Mas uma delas disse: "Ó estultas, por que celebram? Pois se, sozinho, seca toda a lama, se, depois de casado, gerar um filho semelhante a ele, que mal não padeceremos nós?"

A fábula mostra que muitos de mente mais leve alegram-se por coisas que não têm alegria.

128. A mula

Uma mula que havia engordado de cevada pulou gritando a si mesma: "Meu pai é um cavalo veloz, e eu pareço-me inteira com ele." E eis que, um dia, veio a necessidade, e a mula precisou correr. Quando a corrida terminou, entristecida, ela logo se lembrou de seu pai asno.

A fábula mostra que, mesmo que a época leve alguém à glória, é preciso não se esquecer de sua origem, pois incerta é esta vida.

129. Héracles e Atena

Por um caminho estreito, viajava Héracles. Quando viu na terra uma coisa semelhante a uma maçã, quis esmagá-la. Como a visse tornar-se duas, pisoteou-a ainda mais e bateu-lhe com a clava. E a coisa se inflou em tamanho e bloqueou o caminho. Héracles, deixando cair a clava, parou, admirando-se. E Atena, aparecendo a ele, lhe disse: "Pare, irmão. Isto aqui é a discórdia e o gosto pelas disputas. Se alguém o deixa sem brigas, ele permanece tal como era no começo, mas, entre querelas, assim ele se incha."

A fábula claramente mostra para todos que as querelas e discórdias são causa de grande dano.

130. Héracles e a Riqueza

Igualado aos deuses e recebido na casa de Zeus, Héracles cumprimentava cada um dos deuses com muita simpatia. Mas, quando a Riqueza entrou por último, Héracles baixou os olhos para o chão e desviou-se dela. Zeus, espantado pelo ocorrido, perguntou a ele a razão pela qual, depois de saudar alegremente todas as divindades, apenas a Riqueza ele olhava com desconfiança. E ele respondeu: "Eu, de minha parte, por isso a olho com desconfiança: no tempo em que estive entre os homens, via-a mais frequentemente estar entre os perversos."

Dir-se-ia esta fábula acerca de um homem rico no que diz respeito à sorte, mas perverso no caráter.

131. O herói

Um homem, tendo um herói em sua casa, a ele oferecia ricos sacrifícios. Como ele gastasse sem cessar e consumisse muito nos sacrifícios, o herói lhe apareceu à noite e disse: "Meu caro, pare de destruir sua propriedade, pois, se você gastar tudo e ficar pobre, a mim você vai culpar."

Assim muitos, infortunados por sua própria irreflexão, põem a culpa nos deuses.

132. O atum e o golfinho

Um atum, perseguido por um golfinho, escapava com muito ruído. Quando estava a ponto de ser capturado, sem perceber foi lançado a uma praia, graças ao forte empuxo. Impelido pelo mesmo impulso, também o golfinho foi lançado para fora com ele. O atum, virando-se e vendo o golfinho desfalecer, disse: "A mim mesmo não me é mais triste a morte, pois vejo também a causa da minha morte morrer comigo."

A fábula mostra que facilmente os homens suportam as aflições, quando também veem serem infortunados os causadores de seus infortúnios.

133. O médico inábil

Era uma vez, um médico inábil. Atendendo a um doente, ao qual todos os médicos diziam que não estava em perigo, mas que sua doença seria prolongada, ele apenas lhe disse que preparasse todas as suas coisas, "pois você não passa de amanhã." Dizendo isso, partiu. Depois de um tempo, ergueu-se o doente e apareceu, pálido e andando com dificuldade. O médico o encontrou e disse: "Saudações! Como andam os debaixo?" E ele respondeu: "Estão tranquilos, bebendo a água do Lete.[3] Mas há não muito a Morte e Hades ameaçavam terrivelmente todos os médicos, porque eles não deixam os doentes morrerem, e os dois registravam todos eles. Estavam prestes a registrar você também, mas eu me ajoelhei diante deles, insistindo, e jurei a eles que você não era médico verdadeiro e que em vão o caluniavam."

---

[3] Lete era um rio do Hades do qual as pessoas recém-falecidas bebiam para esquecer as vidas passadas.

A presente fábula denuncia os médicos de palavras presunçosas, incultos e ignorantes.

134. O médico e o doente

Um médico tratava um doente. Quando o doente morreu, o médico dizia às pessoas do cortejo: "Este homem aqui, se tivesse se abstido de vinho e tomado banho, não teria morrido." Um dos presentes lhe respondeu: "Ó bravíssimo, você não deveria dizer isso agora, quando já não tem nenhuma utilidade, mas deveria tê-lo aconselhado antes, quando ele poderia aproveitar os seus conselhos."

A fábula mostra que é preciso que os amigos forneçam ajuda no momento de necessidade, e não digam ironias depois, quando suas questões já são sem esperança.

135. O gavião e a serpente

Um gavião, tendo capturado uma serpente, voou. A serpente se virou, picou o gavião e ambos caíram das alturas. Enquanto morria ele, ela lhe disse: "Por que você delirou assim, de querer prejudicar quem em nada lhe é injusto? Justamente você recebe justiça por ter me capturado."

Alguém que se entrega à arrogância e lesa os mais fracos, ao encontrar um mais forte, quando não estiver esperando, pagará então pelos males que anteriormente praticou.

136. O gavião que relinchava

Um gavião tinha uma voz diferente, aguda. Depois de ouvir um cavalo relinchar belamente, o gavião o imitou e continuamente o fez, mas, sem conseguir aprendê-lo bem, perdeu sua própria voz — e aí nem tinha a voz do cavalo, nem a sua primeira.

A fábula mostra que os vulgares e invejosos, ao cobiçar o que lhes é contrário à natureza, perdem também o que lhes é natural.

137. O caçador de pássaros e a cobra

Um caçador de pássaros pegou visgo e caniços e foi à caça. Ao avistar um tordo empoleirado em cima de uma alta árvore, quis capturá-lo. Então amarrou os caniços pelas pontas e ficou olhando fixamente, com toda a sua atenção voltada para o ar. Com a cabeça assim inclinada para cima, não percebeu que pisou em uma cobra adormecida perto dos seus pés. Mas ela, voltando-se para ele, deu-lhe uma picada. E ele, morrendo, disse a si mesmo: "Infeliz de mim, que, querendo caçar um outro, fui eu mesmo presa da morte."

Assim, aqueles que planejam conspirações contra os próximos são os primeiros a cair em infortúnio.

138. O cavalo velho

Um cavalo velho foi vendido para moer. Atrelado ao moinho, ele gemeu e disse: "De quais canchas de corrida a quais raias eu fui!"

Que alguém não se vanglorie demais do poder do vigor e da glória, pois para muitos a velhice se consome em fadigas.

139. O cavalo, o boi, o cachorro e o homem

Quando Zeus fez o homem, fê-lo com curta existência. Mas o homem, usando de sua inteligência, quando veio o inverno, construiu uma casa e nela habitou. Um dia em que o frio foi excessivo e chovia, o cavalo, sem poder resistir, veio rapidamente ao homem e pediu-lhe que lhe desse abrigo. Mas ele lhe disse que não o faria, a menos que o cavalo lhe desse uma porção dos seus anos. Após o cavalo ceder alegremente, apareceu, depois de não muito tempo, também o boi, que também não conseguia suportar o inverno. Da mesma forma, o homem disse primeiro não lhe receber, se ele não lhe entregasse uma soma de seus próprios anos, e o boi deu-lhe uma porção e foi recebido. Por último, o cachorro, morrendo de frio, veio e, após partilhar uma porção dos seus anos, obteve abrigo. Assim aconteceu que os homens, quando vivem o tempo que Zeus lhes deu, são puros e bons; quando chegam aos anos do cavalo, são afetados e altivos; quando atingem os anos do boi, tornam-se senhores; mas, quando alcançam o tempo do cachorro, irascíveis e briguentos eles se tornam.

Aplicar-se-ia esta fábula ao velho irascível e intratável.

140. O cavalo e o escudeiro

Um escudeiro, que roubara a cevada do cavalo e a vendia, esfregava-o e o escovava o dia inteiro. Disse-lhe o cavalo: "Se você verdadeiramente quer que eu seja belo, não venda a cevada que me é destinada."

A fábula mostra que os gananciosos, que seduzem os pobres com discursos persuasivos e bajulações, arrancam deles até as coisas necessárias.

141. O cavalo e o burro

Um homem tinha um cavalo e um burro. Enquanto viajavam, no caminho, o burro disse ao cavalo: "Levante parte da minha carga, se você quer que eu sobreviva." Mas o cavalo não foi persuadido, e o burro tombou de fadiga e se acabou. Quando o senhor colocou tudo em cima do cavalo, inclusive a própria pele do burro, o cavalo chorou e disse: "Ai de mim, infelicíssimo! Que acontece a mim, coitado? Sem querer pegar uma carga pequena, aqui estou carregando tudo, inclusive a pele dele!"

A fábula mostra que, se os grandes se unissem aos pequenos, ambos sobreviveriam na vida.

142. O cavalo e o soldado

Um soldado, enquanto era tempo de guerra, alimentava de cevada seu cavalo, tendo-o como colega nas necessidades. Quando a guerra acabou, o cavalo era usado para trabalhos servis e cargas pesadas e alimentado apenas de palha. Quando a guerra foi novamente anunciada e a trombeta chamava, o senhor selou o cavalo, armou-se a si mesmo e o montou. Mas o cavalo, sem força e caindo continuamente, disse ao senhor: "Parta agora para entre os hoplitas, pois, depois de ter me mudado de cavalo em burro, como você quer ter de novo um cavalo?"

A fábula mostra que, em tempos de ausência de medo e relaxamento, não se deve esquecer os infortúnios.

143. O caniço e a oliveira

Por resistência, força e quietude, o caniço e a oliveira disputavam. Quando o caniço foi censurado pela oliveira por ser fraco e facilmente se inclinar a todos os ventos, ele ficou em silêncio e não disse nada. Um pouco depois, quando o vento soprou com força, o caniço, sacudido e inclinado pelos ventos, facilmente sobreviveu, enquanto a oliveira, esticada pelos ventos, se partiu à força.

A fábula mostra que os que não resistem às circunstâncias e aos mais fortes do que si mesmos, são mais fortes do que os que disputam com os mais poderosos.

144. O camelo que defecou no rio

Um camelo atravessava um rio de forte corrente. Tendo defecado e vendo imediatamente o excremento à sua frente por causa da forte corrente, ele disse: "O que é isso? O que estava atrás de mim agora vejo passar à minha frente."

À cidade em que os mais baixos e insensatos governam em lugar dos mais importantes e atinados esta fábula convém.

145. O camelo, o elefante e o macaco

Quando os animais irracionais deliberavam eleger um rei, o camelo e o elefante apresentaram-se e disputavam, esperando serem preferidos ante os outros, um pelo tamanho do corpo e o outro pela força. Mas o macaco disse que ambos eram incapazes, o camelo porque não tem raiva dos injustos, e o elefante por temermos que o porquinho, que ele teme, nos ataque.

A fábula mostra que muitos impedem também os grandes feitos em razão de uma causa pequena.

146. O camelo e Zeus

Um camelo, vendo um touro se vangloriar de seus chifres, invejou-o e quis ele também obtê-los. Por isso, ele foi à presença de Zeus e pediu-lhe que ele lhe concedesse chifres. Zeus, indignado com ele, que não se contentava com o tamanho de seu corpo e sua força, mas desejava ainda mais, não apenas não lhe concedeu chifres, mas também tirou uma parte de suas orelhas.

Assim muitos, invejando os outros por ganância, não percebem que são privados do que lhes é próprio.

147. O camelo que dançava

Um camelo, que era forçado por seu próprio mestre a dançar, disse: "Mas não apenas quando danço sou feio, mas também quando ando."

Dir-se-ia esta fábula de todo ato inapropriado.

148. O camelo visto pela primeira vez

Quando viram o camelo pela primeira vez, os homens, amedrontados e espantados com o seu tamanho, fugiram. Passado um tempo, notaram a gentileza dele e ousaram aproximar-se. Percebendo aos poucos que o animal não tinha raiva, tamanho desdém lhe tiveram que lhe colocaram uma brida e deram-no para as crianças montar.

A fábula mostra que o hábito abranda o medo das coisas.

149. Dois escaravelhos

Em uma ilhota, um touro pastava. De seu excremento dois escaravelhos se alimentavam. Quando o inverno chegou, um disse ao outro que gostaria então de voar à terra firme para que, ao outro, sozinho, o alimento fosse suficiente, enquanto ele iria para lá passar o inverno. E disse que, se achasse alimento abundante, trazê-lo-ia para o outro. Quando chegou ao continente e encontrou bastante excremento fresco, lá ficou e se alimentou. Depois que passou o inverno, o escaravelho voou de volta para a ilha. O outro, vendo-o gordo e encorpado, censurou-o porque prometeu e não cumpriu. E ele disse: "Não me recrimine, mas à natureza do lugar, pois lá é possível se alimentar, mas não levar nada embora."

Assim a fábula calharia àqueles que concedem amizade apenas até o banquete, mas, além disso, em nada servem aos amigos.

150. O caranguejo e a raposa

Um caranguejo, que subiu do mar a uma costa, sozinho lá vivia. Uma raposa esfomeada, vendo-o, como lhe faltasse comida, correu até ele e o pegou. E o caranguejo, a ponto de ser devorado, disse: "É justo o que sofro eu, que, sendo marinho, quis habitar a terra firme."

Assim também, entre os homens, os que abandonam seus próprios assuntos e empenham-se no que em nada lhes diz respeito com razão acabam mal.

151. O caranguejo e sua mãe

Disse a mãe ao caranguejo para não andar de lado e nem esfregar suas ilhargas na rocha úmida. E ele lhe disse: "Mãe, você, que me ensina, marcha reto para que, olhando você, eu a imite."

A fábula mostra que convém aos maledicentes viver e andar reto, e só então ensinar o análogo.

152. A nogueira

Uma nogueira, que vivia junto a um caminho e era atingida por pedras dos transeuntes, suspirou e disse a si mesma: "Infeliz de mim, que, a cada ano, ministro a mim mesma violências e aflições."

A fábula é para aqueles que se afligem dos seus próprios bens.

153. O castor

O castor é um animal quadrúpede que habita os lagos. Dizem que as suas partes pudendas servem para alguns tratamentos médicos. Acontece que, se alguém o vê e o persegue no intuito de castrá-lo, como ele sabe por que razão é perseguido, até um certo ponto ele foge, aproveitando-se da rapidez de seus pés para guardar sua integridade. Mas, quando se encontra cercado, ele mesmo corta fora suas vergonhas e as atira, e assim se salva.

Assim também, entre os homens, prudentes são os que, emboscados por causa do dinheiro, desprezam-no para não arriscar sua segurança.

154. O jardineiro que regava as verduras

Um homem, estando próximo a um jardineiro que regava verduras, perguntou-lhe por que razão as verduras selvagens estavam floridas e fortes, enquanto as cultivadas estavam mirradas e abatidas. E ele lhe disse: "A terra para uns é mãe, para outros madrasta."

Assim também, com as crianças, não da mesma maneira são nutridas as que o são por madrastas e as que têm mães.

155. O jardineiro e o cachorro

O cachorro de um jardineiro caiu dentro de um poço. O jardineiro, querendo içá-lo de lá, desceu ele também para o poço. E o cachorro, imaginando que o jardineiro chegara para afundá-lo ainda mais, virou-se e o mordeu. O jardineiro, entre dores, subiu de volta: "Com justiça você padece", disse ele, "pois por que mesmo me apressei para salvar um suicida?"

A fábula é para os injustos e ingratos.

156. O citarista

Um citarista sem talento costumava cantar em uma casa bem caiada. Como a sua voz ressoasse, ele pensava ser um cantor muito bom. E então, enlevado por isso, julgou dever adentrar também o teatro. Mas, quando subiu ao palco e cantou muito mal, foi escorraçado a pedradas.

Assim também, entre os oradores, alguns que, na escola, parecem ser alguém, quando chegam à política, descobrem que não são dignos de nada.

157. O tordo

Em um bosque de mirtos, morava um tordo. Graças à doçura dos seus frutos, ele não se ausentava de lá. Mas um caçador de pássaros, tendo observado que ele amava o lugar, usou o visgo e o capturou. E eis que, a ponto de perecer, o tordo disse: "Miserável de mim, que graças à doçura do alimento, sou privado da vida!"

A fábula vem em boa hora para o homem perdulário que pelo prazer é destruído.

158. Os ladrões e o galo

Uns ladrões, que haviam entrado em uma casa, nada encontraram além de um galo. Pegando-o, eles escaparam. E o galo, prestes a ser degolado por eles, rogou que o soltassem, dizendo ser útil aos homens por acordá-los à noite para os trabalhos. E eles responderam-lhe: "Mas por isso mesmo mais ainda devemos degolá-lo! Pois quando você acorda os homens, não nos permite roubá-los!"

A fábula mostra que o que mais contraria os pérfidos são benefícios para os bons cidadãos.

159. O ventre e os pés

O ventre e os pés disputavam a respeito da força. Como, a cada instante, diziam os pés que tanto eram superiores em força que sustentam também o estômago, o ventre respondeu: "Mas, meu amigo, se eu não lhes fornecer o alimento, nem vocês poderão me sustentar."

Assim também, nas expedições militares, o número não é nada, no mais das vezes, se os estrategos não são perfeitamente sábios.

160. O gaio e a raposa

Um gaio, faminto, instalou-se em uma figueira. Percebendo que os figos ainda estavam verdes, ele esperava até que ficassem maduros. Uma raposa, após vê-lo demorar-se e depois de se instruir sobre o motivo, disse: "Engana-se, amigo, em manter esperança, esperança que sabe iludir, mas de maneira alguma alimentar."

Para o homem obstinado.

161. O gaio e os corvos

Um gaio, que superava em tamanho os outros gaios, desprezando os de sua cepa, aproximou-se dos corvos e pediu para viver com eles. Mas os corvos, cuja aparência e voz eram desconhecidas do gaio, bateram-no e o rejeitaram. Expulso pelos corvos, ele voltou para junto dos gaios. Mas eles, indignados pela sua arrogância, não o aceitaram. Assim aconteceu que de ambas as moradas ele foi desprovido.

Assim também, entre os homens, os que deixam a pátria e preferem as terras estrangeiras nem nelas são estimados, por serem estrangeiros, e pelos concidadãos são odiados por os terem desprezado.

162. O gaio e os pássaros

Zeus, querendo instituir um rei para os pássaros, estabeleceu uma data em que todos compareceriam para que o mais belo deles fosse instituído rei. E os pássaros foram a um rio para se lavar. O gaio, percebendo-se coberto de feiura, foi recolher as penas caídas dos pássaros, vestiu-as e as colou em si. Aconteceu então de ele se tornar o mais formoso de todos. Chegou então o dia designado, e todos os pássaros foram a Zeus. O gaio, colorido, também foi até ele. E Zeus estava prestes a eleger o gaio rei, graças à sua bela aparência, mas os pássaros, indignados, arrancaram cada um sua própria pena do corpo dele. E assim aconteceu que, pelado, gaio outra vez ele se tornou.

Assim também, entre os homens, os devedores, enquanto têm o dinheiro alheio, parecem ser alguém, mas, quando o devolvem, encontram-se tais como eram no início.

163. O gaio e as pombas

O gaio, vendo umas pombas bem alimentadas em um pombal, pintou-se de branco e foi até lá para ter parte naquele lar. E elas, enquanto ele se mantinha em silêncio, julgavam que ele fosse uma pomba e o aceitavam. Mas, quando, esquecido, o gaio gralhou, naquele momento, as pombas, não reconhecendo sua voz, expulsaram-no. E ele, não tendo conseguido alimento lá, voltou para junto dos gaios.

Mas estes não o reconheceram por causa de sua cor e o excluíram de seu lar. E assim, por desejar dois lares, nenhum obteve.

Então também a nós é preciso se contentar com o que se tem, considerando que a ganância em nada ajuda e, muitas vezes, também pode tomar o que temos.

164. O gaio fujão

Um homem que capturara um gaio prendeu sua pata em um cordão de linho e o deu para seu filho. Mas o gaio, não suportando viver entre os homens, aproveitou uma breve oportunidade para fugir e ir para o seu ninho. E como o fio se enrolasse nos galhos, incapacitado de voar, ele disse para si mesmo, quando estava prestes a morrer: "Miserável sou eu, de fato, eu que por não suportar a escravidão dos homens não percebi que me privava da salvação."

Esta fábula conviria aos homens que, querendo proteger-se de um perigo moderado, não percebem se lançar em riscos maiores.

165. O corvo e a raposa

Um corvo, após apanhar um pedaço de carne, empoleirou-se em um uma árvore. Uma raposa, que o vira e queria se apoderar da carne, colocou-se diante dele e passou a elogiar suas boas proporções e beleza, dizendo como convinha muitíssimo que ele reinasse entre os pássaros e que isso certamente aconteceria, se ele tivesse voz. E o corvo, querendo mostrar-lhe que tinha voz também, soltou a carne e pôs-se a crocitar alto. A raposa correu, apanhou a carne e disse: "Ó corvo, se você também tivesse juízo, nada lhe faltaria para reinar sobre todos!"

Ao homem irrefletido a fábula vem em boa hora.

166. O corvo e Hermes

Um corvo, preso em uma armadilha, prometeu a Apolo lhe oferecer libações. Salvo do perigo, esqueceu-se da promessa. Mas, quando novamente o corvo foi preso por outra armadilha, deixou Apolo e prometeu sacrificar a Hermes. Disse-lhe o deus: "Ó abominável, como confiarei em você, que renegou e lesou seu primeiro senhor?"

A fábula mostra que os que são descorteses para com os seus benfeitores, quando enfrentarem dificuldades, não terão ajuda.

167. O corvo e a serpente

Um corvo, à míngua de alimento, como visse uma serpente dormindo em um local ensolarado, voou até ela e a capturou. Mas a serpente virou-se e o picou, e o corvo, prestes a morrer, disse: "Miserável sou eu, que encontrei essa grata surpresa pela qual até morro!"

Assim, dir-se-ia esta fábula do homem que, graças à descoberta de um tesouro, arrisca até a vida.

168. O corvo doente

Um corvo doente disse à sua mãe: "Mãe, reze aos deuses e não chore." E ela lhe respondeu dizendo: "Qual dos deuses, filho meu, terá piedade de você? Pois qual deles não teve carne por você roubada?"

A fábula mostra que os que têm muitos inimigos na vida nenhum amigo encontram na necessidade.

169. A cotovia

Uma cotovia, apanhada em um laço, disse chorando: "Ai de mim, infeliz e lastimável pássaro! Não peguei ouro de ninguém, nem prata, nem alguma outra coisa preciosa, mas um grão de pão foi o que me causou a morte!"

A fábula é para os que, por um ganho barato, colocam-se em grande perigo.

170. A gralha e o corvo

A gralha invejava o corvo porque ele vaticina aos homens por meio de augúrios e prediz o futuro e, por isso, é tomado como testemunha por eles. E ela quis alcançar essas prerrogativas. E então, ao ver alguns transeuntes aproximarem-se, foi até uma árvore e lá crocitou alto. A essa voz, os transeuntes voltaram-se, assustados, e um deles tomou a palavra e disse: "Vamos embora, amigos! É uma gralha, que, ao crocitar, não revela augúrio."

Assim também, entre os homens, os que rivalizam com os mais fortes, além de não alcançar paridade, também se expõem ao riso.

171. A gralha e o cachorro

Uma gralha, que sacrificara a Atena, convidou o cachorro para o banquete. E ele lhe disse: "Por que, em vão, você gasta com sacrifícios? Pois a divindade odeia você tanto que inclusive retirou a credibilidade dos seus augúrios." E a gralha lhe respondeu: "Mas é por isso que sacrifico a ela, porque sei que ela me é hostil e para que ela se reconcilie comigo."

Assim, muitos, por medo, não hesitam em beneficiar os inimigos.

172. Os caracóis

O filho de um camponês grelhava caracóis. Ao ouvi-los crepitar, disse: "Ó infelizes animais, as suas casas queimam, e vocês cantam!"

A fábula mostra que tudo o que é feito além do oportuno é reprovável.

173. O cisne levado em lugar do ganso

Um homem abastado criava, ao mesmo tempo, um ganso e um cisne, não, porém, pelos mesmos motivos: pois um era pelo canto, o outro em vista da mesa. Quando o ganso deveria padecer o destino pelo qual fora criado, era noite, e a ocasião não permitia distinguir cada um. O cisne, levado em lugar do ganso, entoou uma canção, proêmio de sua morte, e pelo canto revelou sua espécie e escapou de seu fim graças à música.

A fábula mostra que, muitas vezes, a música produz o adiamento[4] da morte.

---

[4] O termo grego ἀναβολή significa tanto "adiamento", como "prelúdio (musical)".

174. O cisne e o senhor

Dizem que os cisnes cantam no momento da morte. Pois bem, um homem que se deparou com um cisne posto à venda, e tendo ouvido dizer que ele era um animal muito melodioso, comprou-o. Um dia, havendo convidados à mesa, foi chamar o cisne para que ele cantasse no festim. O cisne, naquele momento, ficou calado, mas, depois, um dia, como pensasse que fosse morrer, entoou um lamento por si, e o senhor, ouvindo-o, disse-lhe: "Mas se você não canta, se não estiver morrendo, eu fui tolo quando então o chamei para cantar, ao invés de sacrificá-lo."

Assim, alguns homens, o que de bom grado não querem fazer, isso mesmo realizem contra a vontade.

175. Os dois cães

Um homem, que tinha dois cães, ensinou um a caçar e do outro fez cão de guarda. Pois bem. Se, alguma vez, o caçador ia à caça e pegava algo, uma parte o dono jogava para o outro também. O cão de caça, irritado, criticava o outro, pois se era ele quem toda vez saía e labutava, o outro, sem fazer nada, deliciava-se com os frutos do seu trabalho. Mas o cão de guarda lhe disse: "Não culpe a mim, mas ao patrão, que não me ensinou a labutar, mas a comer os frutos do trabalho alheio."

Assim, também, as crianças preguiçosas não são censuráveis, quando os pais dessa maneira as criam.

176. As cadelas famintas

Umas cadelas famintas, como vissem peles ensopadas em um rio, não podendo alcançá-las, combinaram entre si que primeiro beberiam a água para assim chegarem às peles. Acontece que, de tanto beber, elas arrebentaram antes de chegar às peles.

Assim, alguns homens, por esperança de ganhos, submetem-se a trabalhos arriscados e se consomem antes de alcançar o que desejam.

177. O homem mordido por um cão

Um homem mordido por um cão corria de lá para cá, procurando quem o tratasse. Alguém lhe disse que agora deveria enxugar o sangue com pão e lançá-lo ao cão que o mordera. E o homem lhe respondeu: "Mas se eu fizer isso, deverei ser mordido por todos os cães da cidade."

Assim, também, a perfídia dos homens, provocada, incita mais ainda a cometer injustiças.

178. O conviva canino ou o homem e o cachorro

Um homem preparava um jantar para receber um de seus amigos e familiares. E o seu cachorro convidou um outro cachorro, dizendo: "Meu amigo, venha comer comigo." O cachorro veio e deteve-se, alegre, ao ver o grande banquete, dizendo em seu coração: "Ora, ora, que alegria inesperada me aparece! Vou engordar e me banquetear até a saciedade, de modo que amanhã não vou ter fome de jeito nenhum!" Enquanto o cão dizia isso e sacudia o rabo, como confiando em um amigo, o cozinheiro, que o via balançar o rabo assim de lá para cá, agarrou-lhe pelas patas e o jogou imediatamente janela afora. Depois da queda, o cachorro retornou ganindo muito. Um outro cachorro, dos que ele encontrou no caminho, perguntou-lhe: "Como foi seu jantar, amigo?" E ele respondeu-lhe dizendo: "De tanto beber, embriaguei-me até dizer 'chega' e não sei nem por que caminho eu parti."

A fábula mostra que não se deve confiar nos que professam fazer o bem, usando as posses alheias.

179. O cão de caça e os cães

Um cão, criado em casa, aprendia a lutar contra feras. Ao ver várias delas alinhadas em fila, arrebentou a coleira do pescoço e fugiu pelas ruas. Outros cães, vendo-o bem nutrido como um touro, disseram: "Por que foges?" E ele respondeu: "Porque sei que vivo com comida abundante e que regozijo meu corpo, mas sempre estou perto da morte, lutando contra ursos e leões." E os cães disseram uns aos outros: "Bela vida vivemos, ainda que pobre, nós que nem leões nem ursos combatemos."

A fábula mostra que não se deve atirar-se em perigos por luxo e glória vãos, mas sim evitá-los.

180. O cão, o galo e a raposa

Um cão e um galo, tendo feito amizade, viajavam. Chegada a noite, o galo subiu em uma árvore para dormir, enquanto o cão usava um buraco junto à raiz da árvore. Quando o galo, como de costume, cantou durante a madrugada, uma raposa, que o ouviu, correu até ele e, parada lá embaixo, pediu que ele descesse, pois ela queria abraçar um animal que tinha uma voz bela assim. O galo lhe disse que primeiro acordasse o porteiro que dormia sob a raiz para que, quando ele abrisse a porta, o galo descesse. E quando a raposa procurou falar com o porteiro, o cão de repente saltou e a estraçalhou.

A fábula mostra que os homens prudentes, quando os inimigos os atacam, mandam-nos para os mais fortes, enganando-os.

181. O cão e o caracol

Um cão acostumado a devorar ovos, vendo um caracol, escancarou a boca e o devorou em um grande trago, pensando que ele era um ovo. Com as entranhas pesadas e sofrendo com dores, o cão disse: "Com justiça sofro eu, se tudo o que é redondo acreditei ser ovo."

Ensina-nos a fábula que os que entabulam negócios sem julgamento não percebem que se lançam em posições inconvenientes.

182. O cão e a lebre

Um cão de caça, tendo capturado uma lebre, ora a mordia, ora lambia-lhe os lábios. E a lebre, confrontando-o, disse-lhe: "Meu caro, pare ou de me morder, ou de me beijar, para que eu saiba se você é meu amigo ou inimigo."

Para o homem ambíguo a fábula vem em boa hora.

183. O cão e o açougueiro

Um cão pulou dentro do açougue; enquanto o açougueiro estava ocupado, pegou um coração e fugiu. Ao voltar o açougueiro, vendo-o fugir, disse: "Meu caro, saiba que, onde quer que esteja, estarei de olho em você, pois você não levou de mim um coração, mas me deu um coração."

A fábula mostra que, muitas vezes, os acidentes são para o homem ensinamentos.

184. O cão adormecido e o lobo

Um cão dormia diante do estábulo. Um lobo atirou-se a ele e estava a ponto de fazer dele sua refeição, quando então o cão lhe pediu que não o devorasse. "Pois agora", disse, "sou pequeno e fraco, mas espere um pouco que os meus mestres estão prestes a casar, e eu então comerei muito e ficarei mais gordo, e para você serei uma refeição mais agradável." E o lobo, acreditando nele, partiu. Um dia, mais tarde, o lobo retornou e encontrou o cão dormindo no topo da casa. Parado lá embaixo, chamou-o, lembrando-lhe do combinado. E o cão lhe disse: "Ó lobo, se a partir de agora você me vir dormindo diante do estábulo, não mais espere as núpcias."

A fábula mostra que os homens prudentes, quando se salvam de um perigo, por toda a vida o vigiam.

185. A cadela que levava a carne

Uma cadela, que carregava uma carne, atravessava o rio. Vendo sua própria sombra na água, pensou que fosse outra cadela carregando um pedaço de carne maior. Por essa razão, largou a sua e apressou-se a pegar a carne da outra. E aconteceu que foi privada de ambas as carnes: uma não alcançada, porque não existia, e a outra arrastada pelo rio.

Ao homem ganancioso a fábula é oportuna.

186. O cão que levava um sinete

Às escondidas, um cão mordia. Nele o dono pendurou um sinete, para que isso ficasse patente a todos. Mas o cão, chacoalhando o sinete, vangloriava-se na praça. Uma cadela velha lhe disse: "Por que você se pavoneia? Não por nobreza você carrega isso, mas como prova da sua perfídia escondida."

A fábula mostra que os modos vãos dos fanfarrões são prova de sua perfídia oculta.

187. O cão que perseguia um leão e a raposa

Um cão de caça, após ver um leão, perseguia-o. Mas quando o leão se voltou e rugiu, o cachorro teve medo e fugiu para trás. Uma raposa, que o viu, disse-lhe: "Ó celerado, você perseguia o leão, do qual nem o rugido suporta?

Dir-se-ia esta fábula dos homens arrogantes, que, metendo-se a caluniar os mais poderosos, quando eles os confrontam, logo voltam atrás.

188. O mosquito e o leão

Um mosquito aproximou-se do leão e disse: "Nem tenho medo de você, nem você é mais forte que eu. Se não é verdade, qual é seu poder? É o de arranhar com suas unhas e morder com seus dentes? Isso também uma mulher faz brigando com o marido. Eu sou muito mais forte do que você. E, se você quiser, vamos à batalha." E, soando a trombeta, o mosquito atirou-se sobre ele, picando perto do focinho, sua cara sem pelos. O leão com suas próprias unhas arruinou-se até recuar. E o mosquito, tendo vencido o leão, tocou a trombeta, entoou um hino de vitória e voou. Mas, enredado em uma teia de aranha, enquanto era devorado, lamentou combater os grandiosos e pelo animal mais desprezível, a aranha, ser destruído.

189. O mosquito e o touro

Um mosquito pousou sobre o chifre de um touro e lá ficou muito tempo. Quando estava prestes a se mudar, perguntou ao touro se ele já queria que o mosquito partisse. O touro lhe respondeu, dizendo: "Mas nem quando você chegou percebi, nem, quando você partir, perceberei."

Aplicar-se-ia esta fábula àquele homem incapaz, que nem presente, nem ausente é útil ou prejudicial.

190. As lebres e as raposas

Um dia, as lebres, em guerra contra as águias, chamaram as raposas para uma aliança militar. E elas disseram: "Ajudaríamos vocês, se não soubéssemos quem vocês são e contra quem guerreiam."

A fábula mostra que os que gostam de brigar com os mais fortes descuidam da própria salvação.

191. As lebres e as rãs

Um dia, as lebres, reunidas, lamentavam-se de levar uma vida arriscada e cheia de medo, já que eram capturadas tanto por homens, quanto por cães e águias, e muitos outros. Melhor seria então morrer de uma vez do que passar a vida a temer. Com isso então decidido, lançaram-se ao mesmo tempo na baía para que afundassem e se afogassem. Mas as rãs, sentadas em círculo ao redor da baía, quando ouviram o ruído da corrida das lebres, logo pularam dentro da água, e uma das lebres, que parecia ser mais perspicaz que as outras, disse: "Parem, companheiras, não façam nada de terrível contra vocês mesmas, pois, como veem, já há animais mais medrosos do que nós."

A fábula mostra que os infelizes se confortam com os sofrimentos piores dos outros.

192. A lebre e a raposa

A lebre para a raposa: "Você tira realmente muito proveito, ou tem um motivo para ter esse nome 'raposa'[5]?" E ela respondeu: "Se você duvida, vem aqui que eu lhe ofereço um jantar." A lebre a seguiu e, quando estavam lá dentro, a raposa não tinha nada para jantar a não ser a lebre. E a lebre disse: "Foi por mal, mas aprendi de onde vem o seu nome: não do proveito que você tira, mas de suas falcatruas."

A fábula mostra que aos curiosos, muitas vezes, um grande mal ocorre, quando sucumbem à curiosidade.

---

[5] A fábula se baseia em um trocadilho entre as palavras κέρδος 'lucro' e κερδώ 'raposa'.

193. A gaivota e o gavião

Uma gaivota que tinha engolido um peixe, com a garganta arrebentada, jazia morta junto à margem. Um gavião, ao vê-la, disse: "Merecedora você é do que sofre, pois, tendo nascida ave, fazia a vida no mar."

Assim, os que abandonam os próprios negócios e se lançam aos que em nada lhe dizem respeito com razão se dão mal.

194. A leoa e a raposa

Uma leoa era criticada por uma raposa por sempre parir um. "Um só", ela disse, "mas um leão."

A fábula mostra que não se deve medir a excelência pelo número, mas observar o mérito.

195. A realeza do rei

Reinava um leão que não era nem irascível, nem cruel, nem violento, mas gentil e justo como um homem. Sob seu reinado, houve uma assembleia de todos os animais, para que dessem e recebessem justiça uns dos outros, o lobo à ovelha, a pantera à cabra, ao cervo o tigre, e o cão à lebre. E a lebre medrosa disse: "Muito rezei para ver esse dia, para que os humildes parecessem temíveis aos violentos"

A fábula mostra que, quando há justiça na cidade e todos julgam justamente, também os humildes vivem sem inquietação.

196. O leão envelhecido e a raposa

Um leão envelhecido e incapaz de procurar alimento pela força julgou precisar fazê-lo pela inteligência. E então foi a uma caverna e lá se deitou, fingindo estar doente, e assim os animais que vinham visitá-lo ele agarrava e comia. Muitas feras tinham sido devoradas, quando a raposa, apercebida do seu artifício, veio, parou longe da caverna e perguntou-lhe como passava. E o leão lhe disse: "Mal", e perguntou o motivo pelo qual ela não entrava. E a raposa disse: "Eu entraria sim, se não encontrasse muitos rastros dos que entraram, mas nenhum dos que saíram."

Assim, os homens prudentes, ao prever perigos a partir de indícios, evitam-nos.

197. O leão enclausurado e o camponês

Um leão entrou no estábulo de um camponês. Esse, querendo prendê-lo, fechou a porta do cercado. Sem pode sair, o leão matou primeiro as ovelhas, depois se voltou também aos bois. E o camponês, temendo por si mesmo, abriu a porta. Quando fugiu o leão, a mulher do camponês, vendo-o lamentar-se, disse: "Mas é com justiça que você sofre, pois por que quis enclausurar o bicho do qual você deveria fugir mesmo à distância?"

Assim, os que provocam os mais fortes com justiça suportam as consequências de seus desarranjos.

198. O leão apaixonado e o camponês

Um leão, apaixonado pela filha do camponês, pediu-a em casamento. Mas o camponês, não suportando ceder a filha a uma fera, nem podendo, por medo, rejeitá-lo, tramou o seguinte. Como o leão o pressionasse incessantemente, ele disse julgá-lo um noivo digno de sua filha, não podendo concedê-la de outra maneira, se ele não arrancasse os dentes e cortasse fora as unhas, pois essas coisas a garota temia. A cada uma das exigências, o leão facilmente se submeteu, graças ao amor, e o camponês o desprezou, quando ele se apresentou, e o expulsou a pauladas.

A fábula mostra que os que facilmente acreditam nos próximos, quando são despidos de suas próprias vantagens, são facilmente vencidos por aqueles aos quais antes eram temíveis.

199. O leão, a raposa e a corça

Um leão, adoentado, jazia em uma ravina. Para a raposa querida, com quem mantinha relações, ele disse: "Se você quer que eu sare e viva, aquela corça graúda, a que mora junto ao bosque, seduza-a com suas doces palavras e a traga às minhas mãos, pois tenho desejo de suas entranhas e seu coração." A raposa partiu e encontrou a corça, que saltitava na mata. Festejando-a, cumprimentou-a e disse: "Boas novas vim lhe revelar. Você sabe que nosso rei, o leão, é meu vizinho. Ele está doente e próximo da morte. Resolvia então qual dos animais reinaria depois dele. Disse que, enquanto o javali é insensato, o urso é indolente, a pantera é irascível e o tigre é fanfarrão, a corça é a mais digna de reinar, pois é alta de corpo, muitos anos vive, e seu chifre é temível às serpentes. E por que tanta coisa lhe digo? Você foi escolhida para reinar. O que serei eu, que lhe contei primeiro? Prometa-me, estou com pressa, antes que ele me procure de novo, pois ele precisa dos meus conselhos em tudo. Se você escuta a mim, que sou velha, aconselho você a também ir e esperar pelo fim." Assim falou a raposa. E a corça, cega por suas palavras, também foi à caverna sem perceber o que viria. O leão avançou sobre ela com empenho, mas apenas rasgou suas orelhas com as garras. E a corça rapidamente se precipitou para a mata. De um lado, a raposa golpeava as patas em reprovação, porque se cansara em vão. De outro, o leão, rugindo alto, se lamentava, pois tinha fome e dor, e ele suplicava à raposa que fizesse algo uma segunda vez e com um ardil trouxesse a corça de volta. A raposa disse: "Difícil e custosa é a tarefa que me impõe, mas, ainda assim, ajudá-lo-ei." Como cão de caça, ela seguia a corça, tramando malícias, perguntava aos pastores se não tinham visto uma corça ensanguentada. Eles apontaram para a mata. E a raposa encontrou-a pegando fôlego e ali se deteve desavergonhadamente. A corça, enraivecida e com os pelos eriçados, disse: "Ó escória! Você não mais me domina! E se se aproximar de mim, você morre! Vá ser a raposa com outros que não a conheçam, outros faça rei e provoque!" E a raposa disse: "Assim covarde e frouxa é você? Assim suspeita de nós, seus amigos? O leão, segurando-a pelas orelhas, ia aconselhá-la e lhe dar as indicações a respeito desse importante reinado, como alguém prestes a morrer. Mas você nem um arranhão da pata de um debilitado suportou. Pois agora mais do que você ele está zangado e quer fazer rei o lobo. Ai de mim! Pobre mestre! Mas venha, não se assuste com nada e faça como um carneirinho. Pois eu juro por todas as folhas e fontes que nenhum mal você vai sofrer nas mãos do leão. E eu somente a você servirei." Assim enganada, a infeliz foi persuadida a ir lá uma segunda vez. Quando entraram na caverna, o leão teve o que jantar, devorando todos os ossos, miolos e entranhas da corça. A raposa parou, observando: o coração caído apanhou secretamente e comeu o fruto do seu esforço. Mas o leão, depois de procurar por tudo, sentia falta só do coração. A raposa, parada de longe, disse: "Essa de verdade não tinha coração, não procure mais, pois que coração tinha ela, que duas vezes foi à casa e para as patas de um leão?"

A fábula mostra que o amor à glória turva o intelecto humano e não observa as circunstâncias perigosas.

200. O leão, o urso e a raposa

Um leão e um urso, tendo achado um filhote de corça, por ele brigavam. Deram-se golpes terríveis, até que apagaram, jazendo semimortos. Uma raposa que lá passava, vendo-os caídos, e o filhote lá no meio, apanhou-o e escapou por entre eles. E eles, sem poder se levantar, disseram: "Infelizes de nós, se pela raposa nos esgotamos!"

A fábula mostra que se afligem com razão os que veem os frutos do próprio trabalho serem levados embora por qualquer pessoa aleatória.

201. O leão e a rã

Um leão, tendo ouvido uma rã coaxar, voltou-se para a voz, pensando se tratar de um animal grande. Esperou um pouco e, ao vê-la sair da lagoa, aproximou-se e pisoteou-a, dizendo: "Deste tamanho, gritas nesse volume?"

Ao homem falastrão, incapaz de qualquer coisa a não ser tagarelar, a fábula é conveniente.

202. O leão e o golfinho

Um leão, que vagava por uma praia, viu um golfinho que espiava com a cabeça para fora d'água e chamou-o para ser seu aliado dizendo que convinha muitíssimo serem amigos e se ajudarem, pois enquanto um reinava entre os animais marítimos, o outro reinava entre os terrestres. O golfinho aceitou de bom grado, e o leão, que há muito guerreava contra um touro selvagem, chamou o golfinho para ajudá-lo. E ele, ainda que quisesse sair do mar, não conseguia, e o leão o acusou de traí-lo. O golfinho respondeu, dizendo: "Mas não critique a mim, mas à natureza, que me fez marítimo e não me permite subir à terra."

Assim, também, quando selamos amizade, devemos escolher aqueles que podem comparecer quando estivermos em perigo.

203. O leão e o javali

Na estação do verão, quando o calor causa sede, a uma pequena fonte vinham beber um leão e um javali. Disputavam qual deles beberia primeiro, e isso instigou uma luta mortífera. De repente, quando se voltaram para tomar fôlego, viram os abutres que esperavam qual deles cairia primeiro para devorá-lo. Por isso, deixaram a inimizade e disseram: "Melhor é sermos amigos do que nos tornarmos pasto para os abutres e corvos."

A fábula mostra que é belo abandonar as rixas perversas e as rivalidades, já que a consequência é perigosa para todos.

204. O leão e a lebre

Um leão se deparou com uma lebre adormecida e estava prestes a devorá-la, mas, neste intervalo, ao ver uma corça passar, largou a lebre e foi perseguir a corça. Então a lebre, acordada pelo barulho, fugiu. O leão, depois de muito perseguir a corça, não podendo capturá-la, retornou à lebre, mas descobriu que também ela havia fugido e disse: "Mas é com justiça que sofro, porque deixei a comida que tinha nas mãos, preferindo a esperança de coisa melhor."

Assim, alguns homens, não satisfeitos com ganhos medianos, perseguem maiores esperanças, sem perceber que deixam escapar o que têm em mãos.

205. O leão, o lobo e a raposa

Um leão idoso estava doente, deitado em uma gruta. À exceção da raposa, vieram para ver o rei todos os outros animais. O lobo então, aproveitando o momento oportuno, criticou a raposa na frente do leão, dizendo que ela não tinha nenhum respeito pelo rei de todos eles e por isso não vinha visitá-lo. Nisso, ao chegar também a raposa, ouviu as últimas palavras do lobo. O leão então rugiu para ele. Mas ela, pedindo uma oportunidade para se desculpar, disse: "E quem dos aqui reunidos ajudou-o tanto quanto eu, que vaguei por toda parte perguntando aos médicos sobre uma terapia para você, e a aprendi?" O leão a exortou a logo falar a terapia, e a raposa disse: "É esfolar um lobo e vestir a sua pele quente." O lobo imediatamente foi feito defunto, e a raposa, rindo, disse assim: "Não se deve atiçar o mestre à malevolência, e sim à benevolência."

A fábula mostra que, quando se maquina contra um outro, cai-se em maquinações.

206. O leão e o rato agradecido

Enquanto um leão dormia, um rato andava sobre seu corpo. Mas o leão despertou e apanhou o rato para devorá-lo. O rato pediu-lhe que o soltasse, dizendo que, caso fosse poupado, pagar-lhe-ia a graça. Rindo, o leão o liberou. Aconteceu que, não muito depois, ele foi salvo graças ao rato, pois, quando foi capturado por caçadores e amarrado a uma árvore por uma corda, neste momento, o rato ouviu-o se lamentando, foi lá, roeu a corda e o libertou, dizendo: "Você antes riu assim de mim, como se não esperasse retorno meu, agora saiba bem que, com os ratos, também há gratidão."

A fábula mostra que, com as mudanças de conjuntura, os muito poderosos ficam necessitados dos mais fracos.

207. O leão e o onagro

O leão e o onagro caçavam feras, o leão pela força, e o onagro pela rapidez de suas patas. Depois que tinham caçado alguns animais, o leão dividiu e colocou-os em três partes: "A primeira", disse, "pegarei, como sendo o primeiro, já que sou rei; a segunda, como seu parceiro em igualdade; e a terceira parte, essa lhe fará um grande mal, se você não quiser fugir."

A fábula mostra que é bom se medir em tudo, segundo sua própria força, e com os mais poderosos que si não se unir, nem se associar.

208. O leão e o burro caçando juntos

O leão e o burro, em sociedade, saíram para caçar. Chegados a uma caverna onde havia cabras selvagens, o leão ficou na entrada para guardá-las na saída, e o burro entrou e se lançou sobre elas e as empurrou, querendo que elas fugissem. Após o leão ter capturado várias, o burro saiu e perguntou ao outro se ele, o burro, nobremente não lutara e perseguira as cabras. E o leão disse: "Pois saiba bem que até eu teria medo de você, se não soubesse que você era um burro."

Assim, os que se vangloriam diante de quem os conhece com justiça se prestam ao riso.

209. O leão, o burro e a raposa

O leão, o burro e a raposa, em sociedade, saíram para caçar. Depois que capturaram muitos bichos, o leão mandou que o burro os dividisse entre eles. O burro separou três partes iguais e lhe pediu que escolhesse uma. O leão, irritado, saltou sobre ele, devorou-o e mandou que a raposa fizesse a divisão. A raposa, reunindo tudo em uma só parte, e deixando só um pouquinho para si mesma, pediu que o leão escolhesse. E quando o leão lhe perguntou quem lhe ensinara a repartir assim, a raposa disse: "O infortúnio do burro."

A fábula mostra que as desventuras dos próximos se tornam um apelo à moderação dos homens.

210. O leão, Prometeu e o elefante

O leão frequentemente maldizia Prometeu, porque o tinha forjado grande e belo, fortalecera seus pés com garras e o fizera o mais forte de todas as feras, "mas, mesmo sendo assim," dizia, "do galo eu tenho medo." E Prometeu lhe disse: "Por que você me acusa em vão? Pois você não tem tudo o que eu fui capaz de forjar? Mas é a sua alma que apenas diante do galo fraqueja." O leão então se lamentou e maldisse sua covardia, e quis, enfim, morrer. Com tal disposição, ele cruzou com o elefante, acenou para ele e parou para lhe falar. Reparando que ele não parava de mexer as orelhas, disse: "O que você tem? E por que suas orelhas não ficam nem um instante sem tremelicar?" E o elefante, enquanto um mosquito, por acaso, volteava ao seu redor, disse: "Está vendo essa coisinha zumbindo? Se ela entrar pelo caminho do meu ouvido, eu morro." E o leão: "Por que então preciso morrer", disse, "eu, que sendo desse jeito, sou mais feliz que o elefante tanto quanto o galo supera o mosquito?"

Vês que tanta força tem o mosquito que faz temer o elefante.

211. O leão e o touro

Um leão, que tramava contra um imenso touro, quis por dolo derrotá-lo. Por isso disse que havia matado uma ovelha e o convidou para um banquete, querendo vencê-lo quando ele estivesse sentado. Quando o touro veio e viu caldeirões e muitos espetos, mas nenhuma ovelha, ele partiu sem dizer nada. Quando o leão o censurou e lhe perguntou por que motivo ele partiu sem ter sofrido nada de mal, sem razão, o touro lhe disse: "Mas não foi em vão que fiz isso, pois vejo que você arrumou preparativos não como aqueles para uma ovelha, mas como aqueles para um touro."

A fábula mostra que aos homens prudentes as tramoias dos perversos não passam despercebidas.

212. O leão em fúria e o cervo

O leão estava furioso. Um cervo, que da floresta o vira, disse: "Ai, ai, ai, infelizes de nós! Pois o que fará este leão enlouquecido, ele que, mesmo estando equilibrado, nos era insuportável?"

Que todos evitem os homens irascíveis e acostumados a praticarem injustiças, quando eles tomam o poder e reinam.

213. O leão que tinha medo do rato e a raposa

Enquanto um leão dormia, um rato percorria o seu corpo. Quando ele acordou, rodou por toda parte, procurando quem lhe atacara. Uma raposa, ao ver isso, criticou-o porque ele, sendo um leão, tinha receio de um rato. E o leão respondeu: "Não tive medo do rato, mas me espantei de alguém ter ousado andar sobre o corpo de um leão."

A fábula ensina que os homens prudentes não menosprezam nem mesmo as coisas medianas.

214. O bandido e a amoreira

Um bandido, que havia assassinado alguém em um caminho, quando foi perseguido pelos passantes, abandonou a pessoa ensanguentada e fugiu. Como os viajantes que vinham em sentido oposto lhe perguntassem o que lhe manchara as mãos, ele disse que tinha acabado de descer de uma amoreira. Enquanto dizia isso, os perseguidores chegaram, prenderam-no e o crucificaram em uma amoreira. E a amoreira lhe disse: "Eu mesma não sofro de servir à sua morte, pois foi você mesmo quem causou o óbito e em mim limpava o seu sangue."

Assim, muitas vezes, os homens bons por natureza, quando são caluniados pelos vis, não hesitam em serem perversos como eles.

215. Os lobos e os cães que guerreavam entre si

Um dia, entre lobos e cães, havia ódio. Um cão grego foi escolhido para estratego pelos cães. Ele protelava entrar para a batalha, mas os lobos ameaçavam com violência. O cão disse: "Sabem por qual razão protelo? Sempre se deve antes refletir. Pois vocês são todos da mesma raça e cor, enquanto os nossos são de vários tipos e se gabam de seus países. E mesmo a cor não é igual para todos, mas uns são pretos, outros avermelhados, e outros brancos e cinzentos.

E como poderia eu levar à guerra os que discordam e que em nada pensam semelhante?"

A fábula mostra que, em uma única vontade e entendimento, todos os exércitos fazem a vitória contra os opositores.

216. Os lobos e os cães reconciliados

Os lobos disseram aos cães: "Por que razão, sendo vocês semelhantes a nós em tudo, não ficam em harmonia conosco como irmãos? Pois em nada nos diferenciamos, exceto em opinião. Enquanto nós vivemos em liberdade, vocês aos homens se curvam e os servem, suportam-lhes as cacetadas e vestem coleiras e vigiam os rebanhos. E, quando eles se banqueteiam, apenas atiram os ossos a vocês. Mas se vocês se convencerem, entreguem-nos os rebanhos e deles disporemos em comunhão e comeremos até nos saciarmos." A isso os cães então deram ouvidos, e os lobos adentraram o antro e primeiro mataram os cães.

A fábula mostra que os que traem a própria pátria um tal pagamento recebem.

217. Os lobos e as ovelhas

Uns lobos, que tramavam contra um rebanho de ovelhas, quando não puderam dominá-las por causa dos cães que as vigiavam, decidiram que deveriam fazê-lo por meio de dolo. Mandando emissários, pediram os cães às ovelhas, dizendo que eles eram a causa da inimizade entre eles e que, se elas os entregassem, haveria paz entre eles, lobos e ovelhas. E as ovelhas, sem prever o que estava para acontecer, concederam-lhes os cães, e os lobos, dominando-os facilmente, mataram o rebanho que estava desguardado.

Assim, também entre as cidades, as que facilmente entregam os demagogos não percebem que elas também rapidamente são capturadas pelos inimigos.

218. Os lobos, as ovelhas e o carneiro

Os lobos mandaram emissários às ovelhas para selar paz perpétua entre eles, se elas entregassem os cães e os destruíssem. As estúpidas ovelhas concordaram em fazer isso. Mas um velho carneiro disse: "Como eu confiarei e viverei entre vocês, quando, mesmo com os cães me vigiando, é-me impossível pastar sem perigo?"

A fábula mostra que não se deve se despir do que nos dá segurança, confiando nas promessas dos nossos inimigos irreconciliáveis.

219. O lobo orgulhoso de sua sombra e o leão

Um lobo que, um dia, errava por lugares desertos, quando Hipérion já se deitava para o crepúsculo, vendo sua própria sombra alongada, disse: "O leão temo eu, sendo assim tão grande? Tendo 100 pés de altura, não serei eu simplesmente o senhor de todas as feras reunidas?

Enquanto o lobo se orgulhava, um poderoso leão capturou-o e o devorava. E o lobo, arrependido, gritou:
"A presunção nos é causa de males."

220. O lobo e a cabra

Um lobo, que vira uma cabra pastando no topo de uma caverna escarpada, quando não pode alcançá-la, chamava-a para descer lá embaixo, para que não caísse inadvertidamente, dizendo que melhor era o prado perto dele, já que a relva também estava bem florida. E a cabra lhe respondeu: "Mas você não me chama para que paste, e sim porque você está sem alimento."

Assim, também entre os homens, os malfeitores, quando tramam maldades junto àqueles que os conhecem, ineficazes se tornam em suas maquinações.

221. O lobo e o carneiro

Um lobo, que vira um carneiro tomando água de um rio, quis devorá-lo mediante uma desculpa razoável. Por isso, colocou-se acima e se pôs a acusar o carneiro de turvar a água e não deixá-lo beber. Quando o carneiro lhe disse que só bebia com a extremidade dos lábios e que de outra forma não podia agitar a água lá de cima, estando na parte de baixo, o lobo, perdendo sua desculpa, disse: "Mas, no ano passado, você insultou meu pai." E o carneiro disse que nem era nascido naquela época, mas o lobo declarou: "Ainda que você sempre encontre desculpas, não menos eu o comerei."

A fábula mostra que aqueles cujo plano é ser injusto, junto a esses nem mesmo a desculpa justa prevalece.

222. O lobo e o cordeiro refugiado em um templo

Um lobo perseguia um cordeiro, e o cordeiro se refugiou em um templo. Como o lobo o chamasse e dissesse que o sacerdote o sacrificaria ao deus, se o pegasse, o cordeiro disse: "Antes prefiro ser oferenda para o deus do que ser morto por você."

A fábula mostra que para aqueles que estão perto de morrer melhor é uma morte com honra.

223. O lobo e a velha

Um lobo faminto rodava à procura de alimento. Chegando a um certo lugar, ouviu uma criança chorando e uma velha dizendo a ele: "Pare de chorar, senão vou dá-lo para o lobo na mesma hora." Pensando que a velha falava a verdade, o lobo lá ficou bastante tempo, esperando. Mas, quando veio a noite, ele ouviu de novo a velha, confortando a criança e dizendo assim: "Se o lobo vier aqui, nós vamos matá-lo, meu filho." Tendo ouvido isso, o lobo partiu dizendo: "Nessa morada, uma coisa dizem, outra coisa fazem."

A fábula é para aqueles homens cujas ações não são semelhantes às palavras.

224. O lobo e a garça

Um lobo, que tinha engolido um osso, perambulava à procura de quem o tratasse. Deparando-se com uma garça, chamou-a para extrair o osso mediante um pagamento. Então a garça afundou sua cabeça na garganta do lobo, retirou o osso e pediu o pagamento acordado. Mas o lobo replicou: "Minha amiga, não se contenta você em retirar da boca do lobo a sua cabeça incólume, mas ainda pede pagamento?"

A fábula mostra que a maior recompensa por boas ações que se pode obter da parte dos perversos é não ser, ainda por cima, lesado.

225. O lobo e o cavalo

Um lobo, que percorria um certo campo, encontrou cevada; mas, não podendo usá-la como alimento, deixou-a e partiu. Quando encontrou um cavalo, o lobo guiou-o ao campo dizendo que tinha achado cevada e não a comera, mas a guardara para ele, porque com prazer ouviu o ruído dos dentes dele. E o cavalo replicou: "Mas, meu amigo, se os lobos pudessem usar a cevada como alimento, nunca privilegiaria você as orelhas ao estômago."

A fábula mostra que os perversos por natureza, ainda que se anunciem como muito prestativos, não são confiáveis.

226. O lobo e o cão

Um lobo, ao ver um enorme cão preso a uma coleira, perguntou: "Quem o prendeu e nutriu?" E o cão respondeu: "Um caçador." E o lobo: "Mas que isso não aconteça com um lobo amigo meu, pois a fome é mais leve do que a coleira."

A fábula mostra que, nos infortúnios, não dá nem para se empanturrar.

227. O lobo e o leão

Um lobo, tendo uma vez arrebatado uma ovelha de um rebanho, levou-a para sua toca. Mas um leão, com o qual se deparou, arrancou-lhe a ovelha. E o lobo, de longe, disse: "Injustamente você a arranca de mim." E o leão, rindo, respondeu: "Pois você de um amigo a recebeu com justiça?"

Ladrões e bandidos gananciosos que, a qualquer revés, criticam também uns aos outros a fábula põe à prova.

228. O lobo e o asno

Um lobo, que comandava os demais lobos, estabeleceu leis a todos, para que tudo o que cada um caçasse, trouxesse à comunidade e desse uma parte igual a cada um, de modo que os lobos necessitados não se comessem uns aos outros. Mas um asno avançou, sacudindo a crina, e disse: "É uma bela decisão da mente de um lobo, mas como você reservou uma só toca à sua caça de ontem? Apresente-a à comunidade para dividi-la." E o lobo, posto à prova, revogou as leis.

A fábula mostra que os que parecem estabelecer as leis com justiça não perseveram no que estabelecem e julgam.

229. O lobo e o pastor

Um lobo seguia um rebanho de ovelhas em nada lhe lesando. Mas o pastor desde o início se guardava contra ele como a um inimigo e o vigiava com medo. Mas como o lobo continuamente o acompanhava e não tentava, em absoluto, roubá-lo, o pastor então pensou que ele fosse antes um guardião do que um perigo, e como o pastor tivesse alguma necessidade de ir à cidade, ele deixou as ovelhas com o lobo e partiu. E o lobo, entendendo que tinha oportunidade, abateu-se sobre o rebanho e lhe destroçou a maior parte. Quando o pastor voltou e viu o rebanho destruído, disse: "Mas é com justiça que sofro, pois por que fui confiar o rebanho ao lobo?"

Assim, também entre os homens, os que entregam os seus bens aos ambiciosos, com justiça, são roubados.

230. O lobo satisfeito e a ovelha

Um lobo satisfeito de comida, quando viu uma ovelha jogada sobre a terra, percebendo que ela tombara de medo dele, aproximou-se e a encorajou, dizendo que, se ela lhe dissesse três coisas verdadeiras, ele a deixaria ir. A ovelha começou dizendo primeiro que não queria tê-lo encontrado; em segundo lugar, que, se isso falhasse, que ela queria tê-lo encontrado cego; em terceiro, que "morram perversamente todos os perversos lobos, porque, sem ter sofrido nada por nossa causa, perversamente vocês guerreiam contra nós." E o lobo, aceitando sua veracidade, deixou-a ir.

A fábula mostra que, muitas vezes, a verdade tem poder até mesmo sobre os inimigos.

231. O lobo ferido e a ovelha

Um lobo, que tinha sido mordido por cães e posto em mau estado, tombou, sem poder providenciar alimento para si mesmo. E então vendo uma ovelha, pediu-lhe que lhe desse água do rio que corria próximo. "Pois se você me der água, eu mesmo encontrarei o que comer." E a ovelha replicou: "Se eu lhe oferecer água, você também me usará como alimento."

Ao homem malfeitor que arma emboscadas por meio de simulações esta fábula convém.

232. A lamparina

Uma lamparina, bêbada de azeite e reluzindo, vangloriava-se de fulgir mais do que o sol. Mas quando um sopro de vento assobiou, ela logo se extinguiu. Alguém lhe acendeu uma segunda vez e disse: "Brilhe, lamparina, e fique quieta: a luz dos astros não cessa jamais."

A fábula mostra que não deve alguém cegar-se pelas glórias e fulgores da vida, pois tudo o quanto se adquire sucede de nos ser alheio.

233. O adivinho

Um adivinho, instalado na ágora, arrecadava dinheiro. Quando alguém, de repente, apareceu, anunciando-lhe que as portas de sua casa tinham sido abertas e tudo tinha sido levado embora, perturbado, o adivinho deu um pulo e foi correndo e se lamentando para ver o ocorrido. Alguém que lá estava, ao vê-lo, disse: "Meu amigo, você que apregoava prever os negócios alheios não prenunciou os seus próprios?"

Aplicar-se-ia esta fábula àqueles homens que negligentemente administram as próprias vidas, mas pensam entender o que em nada lhes diz respeito.

234. As abelhas e Zeus

As abelhas, ressentidas com os homens por causa do mel, foram a Zeus e lhe pediram que ele lhes munisse de força para que elas acertassem com o ferrão os que se aproximassem dos favos para roubá-los. E Zeus, irritado com a perversidade delas, fez com que elas perdessem o ferrão, sempre que picassem alguém, e depois disso perdessem a vida.

Esta fábula conviria aos homens perversos que aturam males que eles mesmos se impõem.

235. O apicultor

Um homem que entrou na casa de um apicultor, estando ele ausente, levou embora o mel e os favos. Quando o apicultor voltou, vendo as colmeias vazias, parou para examiná-las. Mas as abelhas, retornando da pastagem, como o encontrassem, acertaram-no com os ferrões, pondo-o em péssimo estado. E o apicultor disse a elas: "Ó animais perversos, vocês deixaram escapar ileso quem lhes roubou os favos, e a mim que cuido de vocês, vocês me picam terrivelmente."

Assim, alguns homens por ignorância não se guardam contra os inimigos e repelem os amigos como se fossem traiçoeiros.

236. Os sacerdotes pedintes de Cibele

Os sacerdotes pedintes de Cibele tinham um burro, sobre o qual costumavam colocar seus apetrechos para viajar. Um dia, esse burro morreu de cansaço, e os sacerdotes o esfolaram, fizeram tambores de sua pele e os usavam. Quando encontraram com outros sacerdotes e eles lhes perguntaram onde estava o burro, disseram que ele tinha morrido, mas que suportava tantas pancadas quantas nunca suportou em vida.

Assim, também, alguns criados, mesmo libertos da escravidão, não escapam às obrigações servis.

237. Os ratos e as doninhas

Entre os ratos e as doninhas havia guerra. E os ratos, sempre derrotados, reuniram-se em assembleia e entenderam que, por causa de sua falta de chefe, sofriam o que sofriam. Daí escolheram alguns estrategos entre si e os elegeram. Esses, querendo parecer diferentes dos outros, equiparam-se com chifres e os prenderam a si. Quando a batalha começou, aconteceu que todos os ratos foram derrotados. Então, enquanto todos os outros facilmente fugiam afundando-se nos buracos, os estrategos, não podendo neles entrar por causa dos chifres, foram capturados e devorados.

Assim, muitas vezes, a ostentação é causa de males.

238. A mosca

Uma mosca que caíra em uma marmita de carne, quando estava a ponto de ser sufocada pelo molho, disse a si mesma: "Mas eu comi, bebi e me lavei. Se morrer, em nada me importa."

A fábula mostra que facilmente os homens suportam a morte, quando ela vem sem sofrimento.

239. As moscas

Em uma despensa, havia mel derramado, do qual as moscas comiam, voejando. Graças à doçura do produto, elas não o abandonavam. Mas quando suas patas ficaram coladas, como não pudessem voar, sufocando-se, disseram: "Infelizes de nós, que por um breve prazer morremos."

Assim, muitas vezes, a gula é causa de males.

240. A formiga

A formiga de agora tinha sido, uma vez, um homem. Dedicado à agricultura, ele não se contentava com os próprios trabalhos, mas invejava os alheios e não parava de roubar os frutos dos vizinhos. Zeus, irritado com a sua cobiça, metamorfoseou-o no animal chamado 'formiga'. Mas, tendo mudado sua forma, não lhe alterou o caráter, pois até hoje ele percorre os campos, recolhendo o trigo e a cevada alheios, e os armazena para si.

A fábula mostra que os perversos por natureza, ainda que muitíssimo punidos, não melhoram seus modos.

241. A formiga e o escaravelho

No verão, uma formiga que vagava pelo campo recolhia trigo e cevada, armazenando-os como alimento para o inverno. E um escaravelho se espantou ao vê-la trabalhar tanto, pois ela labutava mesmo no momento em que os outros animais tinham abandonado os labores e tinham seu descanso. Naquele instante, a formiga ficou calada, mas, mais tarde, quando o inverno chegou e o excremento foi dissolvido pela chuva, o escaravelho veio a ela, faminto, pedindo uma parte de seu alimento. E a formiga lhe disse: "Ó escaravelho, se você tivesse antes trabalhado, quando eu labutava e você me criticava, você não estaria agora precisando de alimento."

Assim, os que, na abundância, não se preocupam com o futuro, quando mudam as circunstâncias, sofrem grandes infortúnios.

242. A formiga e a pomba

Uma formiga, com sede, desceu a uma fonte e, puxada pela corrente, se afogava. Mas uma pomba que isso via arrancou um ramo de uma árvore e o jogou na fonte. Sobre ele a formiga subiu e se salvou. Depois disso, um caçador prendeu seus caniços e foi capturar a pomba. Mas a formiga percebeu sua intenção e picou o pé do caçador. Sentindo dores, o caçador arremessou os caniços longe e a pomba imediatamente fugiu.

A fábula mostra que é preciso pagar as graças aos nossos benfeitores.

243. O rato do campo e o rato da cidade

Um rato do campo era amigo de um doméstico. O doméstico, quando convidado pelo amigo, logo foi jantar no campo. Mas, comendo cevada e pão, disse: "Você sabe, amigo, que você vive vida de formiga, enquanto eu tenho abundância de bens, venha comigo e você desfrutará de tudo." E imediatamente partiram os dois. E ele lhe mostrou legumes e pão, com tâmaras, queijo, mel e frutas. E o outro, maravilhado, louvava-o com veemência e depreciava a própria sorte. E quando planejavam começar a comer, um homem, de repente, abriu a porta. Assustados com o barulho, os infelizes ratos pularam para dentro das fendas. Quando quiseram voltar para pegar figos secos, um outro apareceu para buscar algo lá dentro. E os ratos, vendo-o, mais uma vez, pularam para se esconder em um buraco. E o rato do campo, pouco se importando com a pobreza, suspirou e disse ao outro: "Adeus, amigo, você come à saciedade, e desfruta dessas coisas com prazer, mas com perigo e muito medo. Eu, coitado, viverei comendo cevada e pão, mas sem temer nem suspeitar de ninguém."

A fábula mostra que melhor é viver frugalmente e sem inquietação do que em fausto, mas com medo e sofrimento.

244. O rato e a rã

Um rato terrestre, por uma má sorte, ficou amigo de uma rã. A rã, que planejava perversidades, amarrou sua pata à pata do rato. E primeiro eles foram à terra seca comer pão, depois se aproximaram da borda de um lago, e a rã arrastou o rato para o fundo, enquanto ela se deleitava na água e coaxava seu 'quakquak'. O infeliz rato, inflado de água, morreu, mas ficou boiando preso à pata da rã. E um gavião, vendo-o, apanhou-o com as garras, e a rã, amarrada, o seguiu, tornando-se jantar do gavião também.

A fábula mostra que mesmo alguém morto tem força para se vingar, pois a justiça divina tudo observa, mensurando e dispensando com igualdade.

245. O náufrago e a maré

Um náufrago, lançado a uma margem, adormeceu de cansaço. Pouco depois, acordou e, vendo a maré, recriminou-a por seduzir os homens com sua aparência suave, sendo que, quando eles cedem a ela, a maré se torna selvagem e os destrói. Então, tomando forma de mulher, a maré lhe disse: "Mas, meu amigo, não recrimine a mim, mas aos ventos; pois eu, por natureza, sou tal como você me vê agora, mas os ventos subitamente me atacam, me revolvem e me fazem selvagem."

Então também nós não devemos culpar os que executam as injustiças, quando estão subordinados a outros, mas os que os dirigem.

246. Os jovens e o açougueiro

Dois jovens compravam carne no mesmo local. Como o açougueiro estivesse distraído, um deles apanhou uns miúdos e colocou no bolso do outro. Quando o açougueiro se voltou e deu por falta dos pedaços, acusou ambos, mas o que tinha pegado jurava não possuí-los, e o que os possuía jurava não tê-los pegado. E o açougueiro, percebendo o embuste deles, disse: "A mim vocês podem escapar jurando em falso, dos deuses, no entanto, vocês não se safarão."

A fábula mostra que a impiedade do falso juramento é a mesma, ainda que alguém a confunda com sofismas.

247. O filhote e o cervo

Um dia, o filhote disse ao cervo: "Pai, você é maior e mais rápido que os cães e tem chifres maravilhosos para se defender. Por que então os teme assim?" E o cervo riu e disse: "É verdade o que você diz, meu filho, mas uma coisa eu sei: é que, quando escuto o latido dos cães, imediatamente me precipito, não sei como, à fuga."

A fábula mostra que nenhuma exortação enrijece os covardes por natureza.

248. O jovem perdulário e a andorinha

A um jovem perdulário, que tinha consumido seu patrimônio, restava apenas seu manto. Quando viu uma andorinha que chegara antes do tempo, achando que já fosse verão e que não precisaria mais do manto, pegou-o e foi vendê-lo. Mais tarde, quando veio uma tempestade e fez bastante frio, o jovem viu a andorinha morta de frio e lhe disse: "Aí está ela! Você destruiu tanto a mim quanto a si mesma!"

A fábula mostra que tudo o que é feito antes do tempo é perigoso.

249. O doente e o médico

Um doente, perguntado pelo médico sobre como estava, disse ter suado mais do que o necessário. E o médico disse: "Isso é bom." Perguntado, pela segunda vez, sobre como estava, disse ter sacudido muito, tomado por calafrios. E o médico: "Isso também," disse, "é bom." Quando, pela terceira vez, o médico veio e lhe perguntou sobre a doença, disse que tinha se derramado em diarreia. E o médico disse que 'isso também era bom' e partiu. E como um parente viesse lhe visitar e o indagasse sobre como estava, o doente lhe disse: "Eu, de estar bem, morro."

Assim, muitos homens que pelos vizinhos são proclamados bem-aventurados pela aparência exterior, esses, na intimidade, pelos maiores males são afligidos.

250. O morcego, a amoreira e a gaivota

O morcego, a amoreira e a gaivota fizeram sociedade e decidiram levar vida de comerciantes. Então o morcego emprestou dinheiro para o grupo, a amoreira dele adquiriu roupas; e a gaivota, a terceira, cobre; e eles então zarparam. Quando uma forte tempestade chegou e o barco virou, eles perderam tudo, mas chegaram salvos à terra. Desde então, a gaivota espera nas margens, para ver se o mar não atira o cobre a qualquer parte; enquanto o morcego, com medo dos credores, durante o dia, não aparece e, à noite, sai para comer; e a amoreira agarra as roupas dos passantes, vendo se, por acaso, não reconhece as suas.

A fábula mostra que, no que diz respeito às coisas com as quais nos preocupamos, com elas, mais tarde, sempre nos deparamos.

251. O morcego e as doninhas

Um morcego que tinha caído no chão e sido capturado por uma doninha estava prestes a morrer, quando pediu por sua vida. Como a doninha dissesse que não poderia liberá-lo, pois era de sua natureza combater as aves, o morcego lhe falou que não era pássaro, mas rato, e assim foi solto. Mais tarde, quando novamente caiu e foi pego por outra doninha, pediu que não fosse devorado. Como a doninha dissesse que odiava todos os ratos, ele disse que não era rato, mas morcego, e novamente foi liberado. E assim aconteceu que duas vezes, mudando de nome, ele conseguiu se salvar.

A fábula mostra que não devemos perseverar nas coisas, mas raciocinar que, mudando conforme as circunstâncias, muitas vezes, escapamos aos perigos.

252. As árvores e a oliveira

Um dia, as árvores decidiram eleger um rei para si e disseram à oliveira: "Seja nossa rainha." E lhes disse a oliveira: "Renunciar ao óleo que em mim apreciam o deus e os homens, para ir comandar as árvores?" E as árvores disseram à figueira: "Venha, seja nossa rainha." E a figueira disse: "Renunciar à minha doçura e ao meu ótimo fruto, para ir comandar as árvores?" E as árvores disseram ao espinheiro: "Venha, seja nosso rei." E o espinheiro disse às árvores:

"Se de verdade vocês me ungem como rei de vocês, venham aqui ficar sob meu abrigo, senão, que saia fogo do espinheiro e que ele devore os cedros do Líbano!"

253. O madeireiro e Hermes

Um homem que cortava madeira junto a um rio perdeu seu machado. Por conseguinte, sem ter o que fazer, sentou-se junto à encosta e chorou. Hermes, depois que soube a razão, teve pena do homem, mergulhou no rio, recuperou um machado de ouro e perguntou ao homem se aquele era o que ele tinha perdido. Quando ele disse que não era, Hermes novamente submergiu e trouxe de volta um machado de prata. Quando o homem disse que ainda não era esse o seu machado, Hermes submergiu pela terceira vez e recuperou o machado dele. O homem disse que aquele era verdadeiramente o machado que ele tinha perdido, e Hermes, satisfeito com a sua retidão, deu todos os machados a ele. Quando se encontrou com seus camaradas, o homem narrou o que lhe tinha ocorrido, e um deles decidiu obter o mesmo e foi para perto de um rio, deixou cair de propósito sua machadinha na correnteza, sentou-se e lá ficou chorando. Quando Hermes então lhe apareceu e soube da razão de seu lamento, ele submergiu, recuperou uma machadinha igualmente de ouro e lhe perguntou se aquela era a que ele tinha perdido. O homem, com prazer, disse: "Sim, é essa mesmo!" E o deus, detestando a sua sem-vergonhice, não apenas reteve aquela machadinha, mas também não lhe deu a sua própria.

A fábula mostra que tanto a divindade ajuda os justos quanto atrapalha os injustos.

254. Os viajantes e o urso

Dois amigos andavam por um caminho. Quando um urso lhes apareceu, um deles se apressou em subir em uma árvore e lá se esconder, enquanto o outro, a ponto de ser pego, caiu no chão e fingiu-se de morto. O urso aproximou dele o focinho e o farejou inteiro, mas ele prendeu a respiração, pois dizem que o animal não toca em defuntos. Quando o urso se retirou, o amigo que estava em cima da árvore desceu e lhe perguntou o que o urso lhe dissera no ouvido. E ele respondeu: "Não mais viajar, no futuro, com amigos que, nos perigos, não ficam ao meu lado."

A fábula mostra que os infortúnios põem os amigos verdadeiros à prova.

255. Os viajantes e o corvo

Pessoas que viajavam por um certo interesse encontraram um corvo que tinha tido um de seus olhos mutilado. Eles se detiveram e um deles os exortou a retornar, pois um presságio isso sinalizava. E o outro respondeu, dizendo: "E como ele pode nos vaticinar o futuro, ele que não previu a própria mutilação para evitá-la?"

Assim, também, os homens irrefletidos quanto a seus próprios assuntos também são desqualificados para dar conselhos aos próximos.

256. Os viajantes e o machado

Dois homens viajavam juntos. Um deles achou um machado, e o outro disse: "Nós o achamos." O primeiro o encorajou a não dizer "nós achamos", e sim "você achou". Um pouco depois, eles foram atacados por aqueles que tinham perdido o machado, e o que o tinha, enquanto era perseguido, disse ao companheiro de viagem: "Estamos perdidos." E ele lhe respondeu: "Não diga 'estamos perdidos', mas sim 'estou perdido', pois, quando você achou o machado, não o compartilhou comigo."

A fábula mostra que os que não partilham dos sucessos não são amigos garantidos nos infortúnios.

257. Os viajantes e o plátano

Uns viajantes, no verão, consumidos pelo calor do meio-dia, como vissem um plátano, foram para debaixo dele, deitaram-se à sua sombra e foram descansar. Levantando os olhos para o plátano, disseram entre si que improfícua aos homens e infrutífera essa árvore era. E ela lhes respondeu, dizendo: "Ó ingratos, vocês que ainda se aproveitando da minha benevolência me chamam de inútil e infrutífera."

Assim, também entre os homens, alguns são tais que, mesmo sendo benevolentes aos próximos, são suspeitos em sua serventia.

258. Os viajantes e os gravetos

Uns viajantes, que caminhavam à beira-mar, chegaram a uma elevação. De lá viam de longe os galhos a boiar e imaginaram que era uma grande nau. Por isso, eles a esperavam, como se fosse ancorar. Mas, quando os galhos, carregados pelos ventos, chegaram mais perto, não mais uma nau, mas um barco de carga julgaram ver. E, quando eles chegaram adiante e os viajantes viram que se tratava de galhos, disseram um ao outro que "então, em vão, esperamos por algo que não era nada."

A fábula mostra que alguns homens que, pelo inesperado, parecem temíveis, quando são postos à prova, descobrem-se sem nenhum valor.

259. O viajante e a Verdade

Um homem que viajava pelo deserto encontrou uma mulher sozinha de cabeça baixa e lhe disse: "Quem é você?" E ela respondeu: "Eu sou a Verdade." E ele: "E por que razão você deixou a cidade e vive no deserto?" E ela disse: "Porque, em tempos antigos, a mentira estava apenas próxima de alguns, mas agora está perto de todos os homens, quando quer que você queira ouvir ou dizer alguma coisa."

A fábula mostra que a vida é perversa para os homens, quando a mentira é preferida à verdade.

260. O viajante e Hermes

Um viajante, que fazia um longo caminho, prometeu a Hermes que, caso encontrasse algo, consagrar-lhe-ia a metade. Quando se deparou com um alforje, no qual havia amêndoas e tâmaras, apanhou-o pensando que tinha dinheiro. Depois de sacudi-lo, vendo o seu conteúdo, devorou-o e pegou as cascas das amêndoas e os caroços das tâmaras; essas ele colocou em um altar dizendo: "Recebe, ó Hermes, o prometido: pois tanto o interior quanto o exterior do que encontrei eu partilhei com você."

Para o homem avarento que por cobiça engana até os deuses esta fábula convém.

261. O viajante e a Fortuna

Um viajante, que havia completado um longo caminho, quando estava dobrado pelo cansaço, caiu junto a um poço e adormeceu. Quando estava a ponto de tombar poço abaixo, a Fortuna veio, acordou-o e lhe disse: "Meu amigo, se você tivesse caído, não culparia a sua própria imprudência, mas a mim!"

Assim, muitos homens, que são desafortunados por sua própria responsabilidade, culpam os deuses.

262. Os asnos diante de Zeus

Um dia, os asnos, aflitos por sempre carregar fardos e suportar fadigas, enviaram emissários a Zeus, pedindo libertação de suas penas. Zeus, querendo mostrar-lhes que isso era impossível, disse então que eles seriam libertados de seus sofrimentos, quando urinando fizessem um rio. E eles, entendendo que ele falava a verdade, desde então até os dias de hoje, quando veem a urina de outros, sobre ela rodeiam e urinam também.

A fábula mostra que o que foi designado a cada um não pode ser remediado.

263. O homem comprando um asno

Um homem, tendo a intenção de comprar um asno, pegou-o para testá-lo. Conduzindo-o para junto dos seus próprios asnos, colocou-o junto à manjedoura. O asno, deixando os outros para trás, pôs-se junto ao mais preguiçoso e glutão. E como nada fizesse, o homem o amarrou, levou-o de volta para o dono e o devolveu. Quando o dono o questionou se assim tinha tido prova suficiente, ele respondeu dizendo: "Eu mesmo não preciso mais de nenhuma prova, pois sei que ele é tal como o companheiro que dentre muitos ele escolheu."

A fábula mostra que uma pessoa é concebida como semelhante aos companheiros com os quais se entretém.

264. O asno selvagem e o asno doméstico

Um asno selvagem, ao ver um asno doméstico em um lugar bem iluminado, aproximou-se para congratulá-lo pela boa saúde do corpo e pelo pasto do qual desfrutava. Mais tarde, vendo-o carregar fardos e ser escoltado pelo tratador que lhe batia com uma vara, disse: "Eu mesmo não mais lhe felicito, pois vejo que não sem grandes males você tem fartura."

Assim, não são invejáveis as vantagens que derivam de perigos e sofrimentos.

265. O asno que levava sal

Um asno que carregava sal atravessava um rio. Escorregando, ele caiu na água e, tendo derretido o sal, levantou-se mais leve. Encantado com isso, quando, uma outra vez, mais tarde, chegou próximo a um rio, estando carregado de esponjas, pensou que, se novamente caísse, mais leve se levantaria e então escorregou de propósito. Mas aconteceu que, tendo as esponjas absorvido a água, não pôde mais se levantar e lá se afogou.

Assim, também entre os homens, alguns não percebem que por seus próprios planos se lançam em infortúnios.

266. O asno que levava uma imagem divina

Um homem, após colocar uma imagem divina sobre o lombo de um asno, conduzia-o à cidade. Como os transeuntes se prostrassem diante da imagem, o asno, pensando que se prostravam diante dele mesmo, envaidecido, inflou-se de orgulho e não quis mais avançar. E o tratador, percebendo o ocorrido, bateu-lhe com a vara e disse: "Ó cabeça ruim, só faltava isso: um asno reverenciado pelos homens!"

A fábula mostra que os que se fanfarronam dos bens alheios se prestam ao riso entre os que os conhecem.

267. O asno vestido na pele de um leão e a raposa

Um asno vestido na pele de um leão circulava assustando os animais irracionais. E, ao ver uma raposa, tentou amedrontá-la também. Mas a raposa, que por acaso tinha ouvido sua voz antes, disse ao burro: "Saiba bem você que a mim você também assustaria, se eu não o tivesse ouvido zurrar."

Assim, algumas pessoas sem educação que por frivolidades externas parecem ser alguém são refutadas por sua própria tagarelice.

268. O asno que proclamava bem-aventurado o cavalo

Um asno proclamava bem-aventurado o cavalo por ser alimentado com fartura e diligentemente, enquanto ele nem tinha palha suficiente e ainda suportava muitas fadigas. Mas, quando chegou o tempo da guerra e um soldado armado montou no cavalo, conduzindo-o a toda parte e mesmo o impelindo para o meio dos inimigos, o cavalo, atingido, caiu morto. Ao ver isso, o asno mudou de opinião e lastimou o cavalo.

A fábula mostra que não se deve invejar os chefes e os ricos, mas considerar a inveja e o perigo que enfrentam e amar a pobreza.

269. O asno, o galo e o leão

Um dia, um galo fazia companhia para um asno. Quando um leão atacou o asno, o galo pôs-se a gritar, e o leão fugiu (dizem, com efeito, que ele teme a voz do galo). O asno, pensando que o leão fugiu por sua causa, correu atrás dele. Quando o perseguia até onde a voz do galo não mais alcançava, o leão se voltou e o devorou. E o asno, ao morrer, berrou: "Infeliz e imbecil que sou! Pois, não sendo nascido de pais guerreiros, por que razão me lancei à batalha?"

A fábula mostra que muitos homens, ao atacar inimigos que astuciosamente se fazem menores, assim são mortos por eles.

270. O asno, a raposa e o leão

O asno e a raposa, reunidos em sociedade, saíram à caça. Quando um leão se deparou com eles, a raposa percebeu o perigo iminente e foi até o leão, afirmando-lhe entregar-lhe o asno, se ele lhe prometesse segurança. Como o leão dissesse que a libertaria, a raposa guiou o burro para uma armadilha e fez com que ele caísse nela. E o leão, vendo que o asno não poderia fugir, primeiro pegou a raposa e então se voltou para o asno.

Assim, os que armam contra os sócios não percebem que, muitas vezes, se destroem junto.

271. O asno e as rãs

Um asno, levando uma carga de madeira, atravessava uma lagoa. Depois de escorregar e cair, não podendo se levantar, ele passou a se lamentar e gemer. Mas as rãs na lagoa, ao ouvirem seus gemidos, disseram: "Meu caro, o que faria você, se passasse tanto tempo no lago quanto nós, você que se lamenta assim depois de cair nele brevemente?"

Aplicar-se-ia esta fábula àquele homem indolente que as menores penas suporta com dificuldade, enquanto nós facilmente as maiores aturamos.

272. O asno e a mula igualmente carregados

Um asno e uma mula seguiam o mesmo caminho. E o asno, vendo que ambos levavam cargas iguais, irritou-se e se queixou de que a mula, considerada digna de alimentação dobrada, não carregava mais do que ele. Mas, quando eles avançaram um pouco no caminho, o tratador, vendo que o asno não podia aguentar mais, tirou-lhe parte da carga e a colocou sobre a mula. Ainda mais à frente, vendo que o asno ainda parava de cansaço, novamente transferiu uma parte da carga, até que, pegando e tirando toda a carga do asno, colocou-a sobre a mula. E então a mula olhou para o asno e disse: "Meu caro, não pareço agora ser digna de alimentação dobrada?"

Então também a nós convém julgar não pelo começo, mas pelo fim a disposição de cada um.

273. O asno e o jardineiro

Um asno que servia a um jardineiro, como comesse pouco e trabalhasse muito, rezou a Zeus que lhe livrasse do jardineiro e o fizesse ser vendido a um outro mestre. Quando Zeus o ouviu e o compeliu a ser vendido para um ceramista, novamente ficou insatisfeito, por suportar fardo maior do que o de antes e carregar tanto argila quanto cerâmica. De novo, então, suplicou que trocasse de mestre e foi vendido a um curtumeiro. E assim coube a um mestre pior do que os anteriores e, vendo que coisa fazia, entre gemidos, disse: "Ai de mim, infeliz! Melhor teria sido para mim ficar com os mestres anteriores, pois este aqui, pelo que vejo, também a minha pele vai curtir."

A fábula mostra que os servos mais anseiam pelos mestres anteriores, quando experimentam os seguintes.

274. O asno, o corvo e o lobo

Um asno que tinha machucado o lombo pastava em um prado. Quando um corvo pousou sobre ele e bateu em seu machucado, o asno, dolorido, zurrou e pulou. O tratador, parado à distância, riu, e um lobo, que por lá passava, o viu e disse a si mesmo: "Infelizes de nós, os que, se apenas nos veem, nos perseguem, mas quando estamos próximos, riem de nós."

A fábula mostra que os malfeitores entre os homens são visíveis por suas feições, de modo imprevisto.

275. O asno e o cãozinho ou o cão e o mestre

Um homem que tinha um cão maltês e um asno passava o tempo sempre a brincar com o cão. E, se alguma vez saísse para jantar, trazia-lhe alguma coisa e jogava para ele, quando ele se aproximava abanando o rabo. Mas o asno, com inveja, correu até ele, saltitando, e deu-lhe um coice. E o mestre, irritado, mandou que ele fosse reconduzido, a cacetadas, para o estábulo e lá fosse amarrado.

A fábula mostra que nem todos são feitos para as mesmas coisas.

276. O asno e o cão que viajavam juntos

Um asno e um cão seguiam o mesmo caminho. Quando encontraram no chão uma carta selada, o asno pegou-a, rompeu o selo, abriu-a e a leu para que o cão ouvisse. Tratava-se de uma carta sobre pastos e feno, quero dizer, sobre cevada e palha. E o cão, desgostoso da leitura do asno, então lhe disse: "Pula umas linhas, amigo, quem sabe você não encontra alguma coisa sobre carne e ossos na sequência." E depois de o asno ler toda a carta e não encontrar nada do que o cão procurava, o cão lhe replicou: "Jogue no chão essa carta, amigo, pois ela é totalmente sem valor."

277. O asno e o tratador

Um asno, que era conduzido por um tratador, depois de ter seguido um pouco do caminho, abandonou a vereda plana e se precipitou pelos penhascos. Quando ele estava prestes a cair de um precipício, o tratador agarrou seu rabo e tentou trazê-lo de volta. Mas como o asno puxava em direção contrária, o tratador soltou-o e disse: "Você venceu. Maligna é, com efeito, a vitória que você vence."

Ao homem briguento esta fábula convém.

278. O asno e as cigarras

Um asno, que ouvira as cigarras cantarem, ficou encantado com sua bela voz e invejou-as. E perguntou o que comiam para soltar uma voz assim. Elas lhe responderam: "Orvalho". E o asno, esperando pelo orvalho, morreu de fome.

Assim, também, os que almejam coisas contrárias à sua natureza, além de não as alcançar, também sofrem grandes males.

279. O asno que era considerado leão

Um asno, vestido com a pele de um leão, era considerado um leão por todos e fazia fugir tanto os homens quanto os rebanhos. Mas, quando o vento soprou, a pele foi removida e o asno ficou nu. E então todos correram até ele e lhe bateram com bastões e varas.

A fábula mostra que, se você é pobre e simples, não deve imitar as coisas dos ricos, para não ser ridicularizado e exposto a perigos, pois é alheio o que não é nosso.

280. O asno que comia paliúro e a raposa

Um asno comia a folhagem azeda do paliúro. Quando a raposa o viu, zombando dele, disse: "Como com uma língua assim macia e frouxa você abranda e come uma comida dura assim?"

A fábula é para aqueles cuja língua profere coisas duras e perigosas.

281. O asno que fingia mancar e o lobo

Um asno, que pastava em um prado, ao ver um lobo lançar-se sobre ele, fingiu mancar. Quando o lobo se aproximou e perguntou por que razão ele mancava, o asno disse que, ao passar por uma cerca, pisou em um espinho e lhe pediu que primeiro lhe arrancasse o espinho para que assim o devorasse, sem ser espetado. O lobo foi convencido e, quando lhe levantava a pata, com toda a atenção voltada para o casco, o asno, com a pata em sua boca, espatifou-lhe os dentes. E o lobo, mal arranjado, disse: "Mas com justiça sofro eu; pois por que, tendo aprendido do meu pai o ofício do açougueiro, fui tomar o do médico?"

Assim, também entre os homens, os que lançam mão do que em nada lhes convêm com justiça se dão mal.

282. O caçador de pássaros, os pombos selvagens e os pombos domésticos

Após estender seus barbantes, aos quais prendeu pombos domésticos, o caçador de pássaros se colocou à distância e esperou para ver o que iria acontecer. Quando uns pombos selvagens se aproximaram dos outros e foram enlaçados pelas redes, o caçador correu para tentar capturá-los. Os pombos selvagens perguntaram aos domésticos por que, sendo eles da mesma raça, não os advertiram da armadilha, e os domésticos lhes responderam: "Para nós, pelo menos, melhor é nos proteger do mestre do que procurar agradar nossos parentes."

Assim, entre os servos, não se deve censurar aqueles que, por amor aos mestres, falham na amizade aos parentes.

283. O caçador de pássaros e a cotovia

Um caçador de pássaros preparava armadilhas para as aves. Uma cotovia que de longe viu isso perguntou-lhe o que ele fazia. Ele respondeu que fundava uma cidade e então se afastou e se escondeu. A cotovia, acreditando nas palavras do homem, aproximou-se e foi capturada pelo laço. Quando o caçador acorreu, ela lhe disse: "Meu caro, se é assim a cidade que você funda, você não vai achar muitos que a habitem."

A fábula mostra que abandonamos as casas e as cidades, sobretudo quando os chefes são violentos.

284. O caçador de pássaros e a cegonha

Um caçador de pássaros, após estender as redes nas gruas, esperava de longe pela caça. Quando uma cegonha pousou nelas, o caçador acorreu e prendeu-a com as gruas. Como a cegonha lhe pedisse que a deixasse ir e dissesse que não apenas era inofensiva aos homens, mas também utilíssima, uma vez que capturava e comia serpentes e outros répteis, o caçador respondeu: "Mas se você absolutamente não for vil, é digna, em todo caso, do castigo, por essa razão: ter pousado entre os perversos."

Então também a nós é preciso fugir da companhia dos perversos, para que não pareça que nós mesmos compartilhamos de sua iniquidade.

285. O caçador de pássaros e a perdiz

Um caçador de pássaros, ao qual tarde apareceu um hóspede, sem ter o que lhe servir, precipitou-se contra sua perdiz doméstica com a intenção de matá-la. Quando ela lhe acusou de ser ingrato, porque, apesar de ter sido a ele muito útil, chamando os pássaros de sua espécie e os entregando, ele agora estava prestes a acabar com ela, o caçador disse: "Mas por isso mesmo mais ainda devo sacrificá-la, se você não se contém nem diante dos de sua espécie."

A fábula mostra que os que traem os seus não apenas são odiados pelos que foram lesados, mas também por aqueles a quem eles foram entregues.

286. A galinha e a andorinha

Uma galinha, que tinha achado ovos de serpente, chocava-os diligentemente e, após chocá-los, fê-los eclodir. Uma andorinha, que a isso assistia, lhe disse: "Ó tola, por que você cria esses que, quando crescidos, com você vão primeiro começar as injustiças?"

Assim, indomável é a perversidade, mesmo quando tratada com muita benevolência.

287. A galinha dos ovos de ouro

Um homem tinha uma bela galinha que punha ovos de ouro. Pensando que ela tivesse ouro dentro de seu corpo, ele a matou e descobriu-a semelhante às outras galinhas. Esperando encontrar riqueza abundante, também se privou do lucro pequeno.

Que se satisfaça o homem do que tem e evite a ganância.

288. O rabo e o corpo da serpente

Um dia, o rabo de uma serpente achou certo primeiro conduzir e andar. Mas o resto do corpo disse: "Como você vai nos guiar sem olhos nem nariz, como fazem os outros animais?" Mas o rabo não se convenceu, até que foi vencida a razão. A cauda comandava e conduzia, arrastando cegamente todo o corpo, até que, precipitada em um abismo de pedra, a serpente feriu o dorso e todo o corpo. Com adulações, o rabo suplicou à cabeça, dizendo: "Salve a nós, se quiser, minha senhora, pois entrei em uma perversa disputa."

Os homens ardilosos e perversos que se insurgem contra os seus senhores esta fábula põe à prova.

289. A serpente, a doninha e os ratos

Uma serpente e uma doninha brigavam em certa casa. Os ratos de lá, sempre devorados por ambas, vendo-as brigar, saíram caminhando. Mas elas, ao ver os ratos, então deixaram a briga entre elas e se voltaram contra os ratos.

Assim, também nas cidades, os que se lançam nas disputas dos demagogos não percebem que se tornam vítimas colaterais de ambos os partidos.

290. A serpente e o caranguejo

A serpente e o caranguejo passavam a vida no mesmo lugar. O caranguejo, por um lado, se comportava diante da serpente com simplicidade e gentileza, mas a serpente, por outro lado, era sempre ardilosa e perversa. E o caranguejo continuamente a exortava a ser reta para com ele e a imitar a sua disposição, mas a serpente não se convencia. Por isso, indignado, ele esperou que ela dormisse, alcançou sua garganta e a matou. Vendo-a estendida, disse: "Minha cara, você não deveria ser reta agora, quando está morta, mas quando eu a exortava, e então não teria sido morta."

Assim, esta fábula com razão se contaria a respeito daqueles homens que, durante a vida, são perversos com os amigos, mas, depois da morte, prestam a eles boas ações.

291. A serpente pisoteada e Zeus

Uma serpente, que era pisoteada por muitos homens, foi ter audiência com Zeus sobre o assunto. E Zeus disse a ela: "Se você tivesse picado o primeiro que a pisoteou, o segundo não tentaria fazer o mesmo."

A fábula mostra que os que se opõem aos que primeiro os atacam aos outros se tornam temíveis.

292. O menino que comia entranhas

Pastores que sacrificavam uma cabra no campo chamaram os vizinhos. Entre eles, havia uma mulher pobre, junto à qual estava o filho. Como o banquete avançava, o menino, com o estômago inchado de carne, sentindo dor, disse: "Mãe, vou vomitar as entranhas." E a mãe lhe respondeu: "Não as suas, filho, mas as que você comeu."

Esta fábula é para o homem devedor, que prontamente pega os bens alheios, mas, quando é cobrado, se aflige assim como se pagasse de seus próprios recursos.

293. A criança que caçava gafanhotos e o escorpião

Uma criança caçava gafanhotos perto dos muros. Depois de ter capturado vários, ao ver um escorpião, pensou que fosse um gafanhoto e fez um oco com as mãos para carregá-lo. Mas o escorpião, erguendo seu ferrão, disse: "Faça isso!, para que você também perca os gafanhotos que capturou."

Assim, a fábula ensina que não se deve comportar-se da mesma maneira diante de todos, os bons e os perversos.

294. A criança e o corvo

Quando uma mulher consultou os oráculos a respeito de seu jovem filho, os adivinhos predisseram que ele seria morto por um corvo. Por isso, temerosa, ela construiu uma grande arca e o prendeu nela, protegendo-o para que um corvo não o matasse. E não deixava de todo dia, a uma hora determinada, abrir a arca e dar ao filho os alimentos necessários. E, um dia, quando ela tinha aberto a arca e posto a tampa por cima, o filho, desprecavido, se inclinou para espiar. E assim aconteceu que o ferrolho da tampa, em forma de corvo, caiu sobre sua cabeça e o matou.

295. A criança e o leão pintado

Um velho medroso, que tinha um filho único que era valente e ansiava por caçar, viu-o, durante o sono, ser morto por um leão. Temendo que o sonho se tornasse realidade e fosse verdadeiro, construiu um quarto belíssimo e elevado e lá guardou o filho. Ele havia pintado também o quarto com bichos de toda espécie para distração, entre os quais figurava um leão. Mas o jovem, quanto mais olhava, mais tinha pesar. Um dia, então, colocando-se perto do leão, disse: "Malvada fera! Por causa de você e do sonho mentiroso do meu pai, estou encerrado nesta prisão feminina! O que lhe farei?" Dizendo isso, impeliu a mão contra a parede para cegar o leão. Mas uma farpa afundou por debaixo de sua unha, causando uma dor aguda e uma inflamação até gerar um tumor. Ardendo em febre, passou para além da vida. E o leão, ainda que fosse uma pintura, matou o jovem, em nada lhe valendo o expediente do pai.

O que deve a alguém acontecer, que isso seja suportado com nobreza e que não seja falseado, pois não pode ser evitado.

296. A criança ladra e a mãe

Uma criança, que apanhara uma tabuleta de seu colega de escola, trouxe-a para sua mãe. Como ela não apenas não lhe bateu, mas também o louvou, em uma segunda vez, a criança roubou um manto e entregou-o à mãe. Como ainda mais o louvasse sua mãe, passados os anos, quando tinha se tornado um jovem rapaz, o filho já tentava também roubar coisas mais importantes. Um dia, pego em flagrante, com os braços amarrados, foi levado ao carrasco. Como a mãe lhe acompanhasse e batesse no próprio peito, ele disse que queria lhe falar algo ao ouvido. E, quando ela rapidamente se aproximou, ele atacou sua orelha e a mordeu. A mãe o acusou de impiedade: não satisfeito com os erros já cometidos, também maltratava sua mãe. E ele respondeu, dizendo: "Mas, quando então primeiro roubei a tabuleta e lhe trouxe, se você então tivesse me batido, não chegaria a esse ponto de me conduzirem à morte."

A fábula mostra que o que não se pune no começo cresce mais forte.

297. A criança que se lavava

Um dia, uma criança que se lavava em um rio perigava se afogar. Ao ver um viajante, ela chamou por socorro. Mas o viajante censurou-a pela audácia. E o moleque disse a ele: "Mas agora me salve, depois você me censura, quando eu estiver salvo."

Diz-se esta fábula àqueles que dão pretexto para serem maltratados.

298. O depositário e o Juramento

Um homem que havia recebido um depósito de um amigo pretendia roubá-lo. Como o amigo o tinha chamado para prestar juramento, ele, precavendo-se, partiu para o campo. Quando chegou aos portões da cidade, viu um manco saindo e lhe perguntou quem era e para onde ia. Ele lhe disse que era o Juramento e que andava contra os ímpios. Em seguida, o homem lhe perguntou de quanto em quanto tempo ele costumava visitar as cidades. E o Juramento disse: "A cada quarenta anos; às vezes, a cada trinta." Sem se preocupar com nada, o homem jurou no dia seguinte não ter se apoderado do depósito. Mas ele se deparou com o Juramento que o arrastou a um precipício. O homem censurou o Juramento por ter dito que voltaria após trinta anos, mas não ter lhe dado nem um único dia de licença. E o Juramento lhe respondeu, dizendo: "Pois saiba bem que, quando alguém tem intenção de me causar dano, costumo aparecer no mesmo dia."

A fábula mostra que indefinida é a vingança do deus contra os ímpios.

299. O pai e as filhas

Um homem, que tinha duas filhas, deu uma em casamento para um hortelão, a outra para um ceramista. Passado um tempo, ele foi à casa da mulher do hortelão e lhe perguntou como estava e como iam seus negócios. Ela lhe disse que tudo ia bem e que só uma coisa pedia aos deuses: que viesse chuva e tempestade para regar as verduras. Não muito depois, ele foi à casa da mulher do ceramista e lhe indagou como estava. Ela lhe disse que de resto nada lhe faltava, mas uma só coisa pedia: que continuasse o tempo claro e luminoso e o sol brilhante para que secasse a cerâmica. E o pai lhe disse: "Se você roga pela calma, mas sua irmã pela tempestade, com qual de vocês eu vou rezar?"

Assim, os que tentam, ao mesmo tempo, duas coisas dessemelhantes, com razão fracassam em ambas.

300. A perdiz e o homem

Um homem, que havia caçado uma perdiz, estava prestes a matá-la. Mas ela lhe suplicou, dizendo: "Deixe-me viver e, em meu lugar, muitas perdizes você vai pegar." E ele disse: "Por isso mesmo eu vou sacrificá-la, porque você quer emboscar os familiares e amigos."

A fábula mostra que o que prepara artifícios ardilosos contra os amigos sucumbe ele mesmo às perigosas emboscadas.

301. A pomba sedenta

Uma pomba que tinha sede, ao ver uma cratera de água pintada em um quadro, pensou que ela fosse de verdade. Por isso, precipitando-se com muito ruído, inadvertidamente se atirou contra o quadro. Aconteceu que ela, com as asas quebradas, caiu ao chão e foi capturada por alguém que lá estava.

Assim, alguns homens, por força de desejos violentos, imponderadamente tentam coisas e não percebem que se atiram à ruína.

302. A pomba e a gralha

Uma pomba, criada em um pombal, alardeava sua fecundidade. Mas uma gralha, ao ouvir suas palavras, disse: "Minha cara, pare de se vangloriar disso, pois quanto mais filhos você tiver, mais pombas escravas você lamentará."

Assim, entre os servos, mais infortunados são os que fazem filhos na escravidão.

303. Os dois alforjes

Um dia, Prometeu, após ter moldado os homens, pendurou dois alforjes neles, um com os males alheios, outro com os próprios males, e o dos males alheios fixou na frente deles e o outro prendeu nas costas. Daí resultou que os homens veem de longe os males alheios, mas não preveem os próprios.

Aplicar-se-ia esta fábula àquele homem intrometido, que sendo cego aos seus próprios negócios cuida daquilo que em nada lhe diz respeito.

304. O macaco e os pescadores

Um macaco, empoleirado em uma alta árvore, vendo os pescadores lançar a rede em um rio, observava o que faziam. E, quando deixaram a rede e se afastaram um pouco para comer, o macaco desceu da árvore e tentou imitá-los — dizem, com efeito, que este é um animal imitador. Mas, tendo tocado na rede e ficado preso, ele corria o risco de se afogar. E a si mesmo ele disse: "Mas é com justiça que sofro, pois por que fui tentar pescar, sem tê-lo aprendido?"

A fábula mostra que empreender o que em nada lhe diz respeito não apenas é inútil, mas também nocivo.

305. O macaco e o golfinho

Sendo habitual aos navegantes levar cãezinhos malteses e macacos para distração na travessia, um homem que viajava tinha consigo um macaco. Quando chegaram a Súnio, o cabo da Ática, veio uma forte tempestade. Quando o navio virou e todos saíram nadando, nadou também o macaco. Um golfinho, que o viu e pensou que ele fosse um homem, levantou-o por baixo e carregou-o até a terra firme. Quando chegaram ao Pireu, o porto de Atenas, o golfinho perguntou ao macaco se ele era de origem ateniense. Ele disse que inclusive fora gerado de pais notáveis por lá, e o golfinho de novo lhe perguntou se ele conhecia o Pireu. E o macaco, achando que ele falava de um homem, disse que inclusive era muito amigo seu e seu íntimo. E o golfinho, irritado com a mentira dele, afundou-o na água e o matou.

A fábula é para os homens que, não conhecendo a verdade, julgam enganar.

306. O macaco e o camelo

Em uma assembleia de animais irracionais, um macaco se levantou e dançou. Como fosse muitíssimo apreciado e aclamado por muitos, um camelo, com inveja, quis alcançar as mesmas coisas. Por isso, ele se ergueu e tentou também dançar. Como fizesse muitas esquisitices, os animais se zangaram e o expulsaram a bordoadas.

Aos que por inveja rivalizam com os mais fortes essa fábula convém.

307. Os filhos da macaca

Dizem que as macacas têm dois filhotes e, enquanto amam uma das crias e a criam com cuidado, a outra odeiam e dela descuidam. Acontece que, por alguma sorte divina, aquele que é cuidado com prazer e firmemente abraçado pela mãe morre sufocado, e o negligenciado vinga.

A fábula mostra que a sorte fixa com mais poder do que qualquer previdência.

308. Os navegantes

Uns homens embarcaram em uma nau e navegaram. Quando chegaram ao alto mar, adveio uma tempestade extraordinária, e a nau por pouco não afundava. Um dos navegantes, rasgando suas vestes, invocou os deuses pátrios entre gemidos e lamentações e lhes prometeu retribuir a graça, caso sobrevivesse. Quando cessou a tempestade e novamente se fez calmaria, eles fizeram festa, dançando e saltitando, como se, de fato, tivessem escapado de um perigo inesperado. Mas o duro piloto, tomando a palavra, disse a eles: "Meus amigos, devemos nos alegrar, sem nos esquecermos de que, se calhar, a tempestade talvez venha novamente."

A fábula ensina a não se animar demais com a boa sorte e a considerar a inconstância da sorte.

309. O rico e o curtumeiro

Um rico veio morar próximo ao curtumeiro. Sem poder suportar o mau odor, ele não parava de pressionar o curtumeiro para que ele se mudasse. E o curtumeiro continuamente procrastinava, dizendo que logo depois se mudaria. Como isso seguisse sem cessar, aconteceu que, após um tempo, o rico se acostumou com o cheiro e não mais importunou o vizinho.

A fábula mostra que o hábito aplaca até mesmo as coisas difíceis.

310. O rico e as carpideiras

Um homem rico que tinha duas filhas, quando uma delas morreu, contratou carpideiras. A outra filha disse à mãe: "Infelizes de nós, se nós, de quem é a dor, não sabemos carpir, enquanto elas, às quais isso em nada lhes diz respeito, golpeiam-se e choram tão violentamente." E a mãe lhe respondeu dizendo: "Mas não se admire, minha filha, se elas carpem de modo assim plangente, pois elas o fazem por dinheiro."

Assim, alguns homens, por ganância, não hesitam em lucrar sobre o infortúnio alheio.

311. O pastor e o mar

Um pastor que guiava um rebanho à beira-mar, vendo o mar calmo, quis navegar para fazer comércio. Então vendeu as ovelhas, comprou tâmaras fenícias e partiu. Quando uma violenta tempestade chegou, e o barco perigava naufragar, ele jogou toda a carga ao mar e sobreviveu apenas com o barco vazio. Bastante tempo depois, quando apareceu alguém e se admirou com a quietude do mar (pois, com efeito, calhava de estar calmo), o pastor, tomando a palavra, disse: "Ó, prezadíssimo, ele almeja por tâmaras de novo, ao que parece, e por isso aparenta estar sereno."

A fábula mostra que os sofrimentos dos homens se tornam aprendizados.

312. O pastor e o cão que abanava o rabo para as ovelhas

Um pastor, que tinha um cão enorme, tinha o hábito de lhe jogar os cordeirinhos natimortos e as ovelhas que morriam. Um dia, ao entrar, o pastor viu o cão se aproximar das ovelhas e lhes abanar o rabo e disse: "Meu caro, oxalá o que você quer para elas recaia sobre sua cabeça!"

Ao homem bajulador a fábula é conveniente.

313. O pastor e os lobinhos

Um pastor, tendo encontrado uns lobinhos, criou-os com muito cuidado, pensando que, quando crescidos, não apenas guardariam as suas ovelhas, como também raptariam outras e as trariam para ele. Mas eles, tão rápido quanto ficaram grandes, havendo licença, começaram a destruir o rebanho do pastor. Ao percebê-lo, o pastor, gemendo, disse: "Mas é com justiça que sofro isso! Pois por que salvei, filhotes, os que deveria matar, mesmo quando grandes?"

Assim, os que salvam os perversos não percebem que fortalecem os que primeiro se voltarão contra nós.

314. O pastor e o lobo criado com os cães

Um pastor, tendo encontrado um filhote de lobo recém-nascido, pegou-o e o criou junto a seus cães. Quando crescido, se, alguma vez, um lobo roubasse uma ovelha, com os cães ele também o perseguia. Mas, quando os cães já não podiam pegar o lobo e por isso voltavam, ele o seguia até que o pegasse e, tal como lobo que era, compartilhava a presa. Em seguida, ele voltava. E, se um lobo não levasse uma ovelha para fora, ele mesmo matava uma, às escondidas, e a comia junto com os cães, até que o pastor, deduzindo então o que ele fazia, matou-o, enforcando-o em uma árvore.

A fábula mostra que uma natureza perversa não pode nutrir um bom caráter.

315. O pastor e o filhote de lobo

Um pastor, tendo encontrado um lobo pequenino, criou-o. Depois, quando ele se tornou filhote, ensinou-o a roubar dos rebanhos dos vizinhos. E o lobo, uma vez ensinado, disse: "Observe para que, depois de você ter me acostumado a roubar, você não fique sem muitas de suas ovelhas."

A fábula mostra que os que são terríveis por natureza, quando instruídos a roubar e levar vantagem, muitas vezes, prejudicam seus professores.

316. O pastor e as ovelhas

Um pastor, após conduzir suas ovelhas para dentro de um carvalhal, vendo um enorme carvalho carregado de bolotas, estendeu seu manto embaixo, subiu na árvore e sacudiu os seus frutos. Mas as ovelhas, ao comer as bolotas, não perceberam que junto comiam também o manto. Quando o pastor desceu, percebendo o ocorrido, disse: "Péssimos animais! Vocês que fornecem lã para as roupas dos outros, e a mim, que as alimenta, tomam até o manto!"

Assim, muitos homens, por ignorância, são benévolos com quem em nada lhes diz respeito e contra os familiares praticam vilezas.

317. O pastor que trouxe o lobo ao curral e o cão

Um pastor, que trazia suas ovelhas para dentro do curral, com elas também iria encerrar um lobo, se o cão não o visse e lhe dissesse: "Como é que, querendo guardar as ovelhas, você traz este lobo junto ao rebanho?"

A fábula mostra que a convivência com os perversos pode causar grande dano e contribuir para a morte.

318. O pastor que brincava

Um pastor, que guiava seu rebanho para longe da aldeia, costumava usar a seguinte brincadeira: gritava por socorro aos aldeões, dizendo que o lobo atacava suas ovelhas. Duas e até três vezes, eles se assustaram e correram para fora da aldeia para depois se retirarem entre risos. Aconteceu então que, finalmente, os lobos atacaram de verdade. Mutilaram o rebanho, e o pastor gritou aos aldeões por ajuda, mas eles acharam que ele brincava como de costume e pouco se preocuparam. E assim aconteceu de ele ser privado de suas ovelhas.

A fábula mostra que isso lucram os mentirosos: não serem acreditados, quando disserem a verdade.

319. O Conflito e a Insolência

Os deuses todos se casaram com quem cada um sorteou. O Conflito era o último a sortear, e a Insolência era a única que restava. Apaixonando-se enormemente por ela, ele a desposou. E ela a segue por todo lugar que ele for.

A fábula mostra que onde quer que vá a insolência, seja na cidade, seja entre as nações, o conflito e as lutas logo a seguem.

320. O rio e o couro

Um rio, vendo uma pele bovina que ele carregava em si, perguntou: "Como você se chama?" E ela respondeu: "Meu nome é Dura." Mas, lançando sua corrente sobre ela, o rio disse: "Procure algum outro nome, pois eu já vou fazê-la amolecer."

A fábula mostra que as circunstâncias da vida, muitas vezes, atiram ao chão o homem audacioso e arrogante.

321. A ovelha tosada

Uma ovelha inabilmente tosada disse ao tosador: "Se o que você procura é a lã, corte mais alto, mas, se o que você deseja é a carne, me mate de uma vez e deixe de me torturar aos poucos."

Aos que inabilmente empregam as técnicas, a fábula é bem ajustada.

322. Prometeu e os homens

Prometeu, segundo a ordem de Zeus, moldou os homens e as feras. Mas Zeus, vendo que os animais irracionais eram muito mais numerosos, mandou-o acabar com algumas das feras, transformando-as em homens. Prometeu fez o que lhe foi ordenado, e aconteceu que os que não foram, desde o início, moldados como homens, possuem forma de homens, mas alma de feras.

Ao homem sinistro e bestial a fábula é conveniente.

323. A rosa e o amaranto

Um amaranto, que crescia junto a uma rosa, disse: "Que bela flor você é, e inclusive desejada pelos deuses e pelos homens! Eu a digo bem-aventurada por sua beleza e perfume!" E ela disse: "Eu, ó amaranto, vivo por pouco tempo e, mesmo se ninguém me arrancar, desfaço-me, enquanto você está sempre em flor e sempre vive assim jovialmente."

A fábula mostra que melhor é se contentar com pouco do que viver licenciosamente um pouco e, a um golpe de sorte, tornar-se desafortunado ou até morrer.

324. A romãzeira, a macieira, a oliveira e o espinheiro

Uma romãzeira, uma macieira e uma oliveira disputavam acerca da fertilidade. Como a discussão estivesse muito acalorada, um espinheiro, que da cerca vizinha as escutara, disse: "Minhas amigas, vamos parar de brigar."

Assim, nas brigas dos melhores, também os que não são dignos de coisa alguma tentam parecer ser qualquer coisa.

325. O corneteiro

Um corneteiro, que tocava para agrupar o exército, quando preso pelos inimigos, bradou: "Não me matem, homens, sem propósito e à toa, pois eu não matei nenhum de vocês e, além desse cobre, nada possuo." Mas eles lhe disseram: "Por isso mesmo mais deve morrer você, já que, não sendo capaz de combater, incita todos à batalha."

A fábula mostra que mais erram os que excitam os soberanos perversos e opressores a fazer o mal.

326. A toupeira e sua mãe

Uma toupeira (que é um animal cego) dizia à sua mãe que enxergava. Para testá-la, a mãe lhe deu um grão de incenso e lhe perguntou o que era aquilo. Quando ela respondeu que era cascalho, a mãe lhe disse: "Minha filha, não apenas você é carente de visão, mas também perdeu o olfato."

Assim, uns fanfarrões, que prometem até o impossível, até nas coisas mais simples são refutados.

327. O javali e a raposa

Um javali, postado junto a uma árvore, afiava os dentes. A raposa lhe perguntou por que razão, quando nem caçador nem perigo o impelia, ele afiava os dentes, e o javali respondeu: "Mas não é em vão que eu o faço, pois, se algum perigo me sobrevier, não me ocuparei então em afiá-los, mas já os terei prontos para usá-los."

A fábula ensina que se deve fazer preparativos contra os perigos.

328. O javali, o cavalo e o caçador

Um javali e um cavalo partilhavam do mesmo pasto. Como o javali, a todo instante, destruísse a grama e turvasse a água, o cavalo, querendo se vingar, chamou o caçador para ser seu aliado. Mas o caçador disse que não poderia ajudá-lo, se ele não suportasse a rédea e não o aceitasse como seu cavaleiro, e o cavalo o levou. E o caçador, montado sobre ele, tanto venceu o javali, como guiou o cavalo e o prendeu à sua manjedoura.

Assim, muitos, por uma raiva irracional, desejam se vingar dos inimigos e acabam se lançando ao domínio de outros.

329. A javalina e a cadela que se insultavam

Uma javalina e uma cadela se xingavam. A javalina, de um lado, jurava por Afrodite que estraçalharia a cadela com os próprios dentes. E a cadela, de outro, disse-lhe, zombeteira: "Faz bem de jurar por Afrodite! Pois é óbvio que você é muitíssimo amada por ela, que não admite em seu templo, de jeito nenhum, quem tiver experimentado da sua carne impura." E a javalina: "Por isso mesmo ainda mais óbvio é que a deusa me estima, pois ela afasta completamente quem me matar, ou de outro modo me maltratar. Você, no entanto, cheira mal, seja viva, ou morta."

A fábula mostra que os oradores prudentes com bom arranjo transformam em elogios as injúrias dos inimigos.

330. As vespas, as perdizes e o lavrador

Umas vespas e perdizes, tomadas pela sede, foram até um lavrador e lhe pediram para beber, prometendo, em troca da água, retribuir-lhe o favor: as perdizes cultivariam a vinha, e as vespas circundariam os arredores para afastar os ladrões com seus ferrões. Mas o lavrador respondeu: "Mas eu já tenho dois bois, que fazem tudo isso sem me prometer nada. Melhor seria então dar água a eles do que a vocês."

A fábula é para os homens perniciosos que prometem ajudar, mas causam grandes danos.

331. A vespa e a serpente

Uma vespa, que tinha pousado na cabeça de uma serpente, perturbava-a continuamente, picando-a com seu ferrão. E ela, com muitíssima dor, mas sem ter como se vingar da inimiga, colocou sua cabeça embaixo da roda de um carro e assim morreu junto com a vespa.

A fábula mostra que alguns preferem morrer junto com os inimigos.

332. O touro e as cabras selvagens

Um touro, que era perseguido por um leão, se escondeu em uma caverna, na qual viviam cabras selvagens. Surrado e chifrado por elas, ele disse: "Mas não é por medo de vocês que eu me contenho, mas do leão que está ali na entrada."

Assim, muitos, por medos dos mais fortes, suportam também as violências dos mais fracos.

333. O pavão e o grou

Um pavão zombava do grou, ridicularizando sua cor e dizendo que "enquanto eu sou vestido de ouro e púrpura, você não tem nada de belo nas penas." E o grou disse: "Mas eu perto dos astros canto e voo alto até os céus, enquanto você, como o galo, anda aí embaixo entre as galinhas."

A fábula mostra que é melhor ser notável em roupas pobres do que viver sem prestígio, envaidecendo-se na riqueza.

334. O pavão e a gralha

Quando os pássaros discutiam para determinar um rei, o pavão julgou-se digno de ser escolhido rei por sua beleza. E os pássaros se precipitavam a fazê-lo rei, mas a gralha disse: "Mas se, quando você reinar, a águia nos perseguir, como você vai nos socorrer?"

A fábula mostra que não são censuráveis os que, prevendo os perigos futuros, antes de sofrê-los, se previnem.

335. A cigarra e a raposa

Uma cigarra cantava em uma alta árvore. Uma raposa, querendo devorá-la, concebeu o seguinte: postando-se à sua frente, admirar-se-ia de sua bela voz e a convidaria a descer, dizendo desejar ver quão grande era o animal que entoava tamanha voz. Suspeitando da cilada, a cigarra arrancou uma folha e deixou-a cair. A raposa atirou-se contra a folha como se fosse a cigarra, e o inseto disse: "Engana-se você, minha cara, se pensou que eu fosse descer, pois me previno contra as raposas desde quando vi no excremento de uma delas umas asas de cigarra."

A fábula mostra que os infortúnios do próximo tornam prudentes os homens ponderados.

336. A cigarra e as formigas

Em um inverno, as formigas secavam o grão molhado. Uma cigarra, com fome, pediu-lhes alimento. Mas as formigas lhe responderam: "Por que, durante o verão, você também não juntou alimento?" E ela disse: "Não tive tempo, mas cantei melodiosamente." E as formigas, rindo, disseram: "Se você fazia música no verão, agora dance no inverno."

A fábula mostra que não se deve ser negligente em qualquer negócio, para não sofrer ou correr perigo.

337. O muro e a estaca

Um muro, violentamente espetado por uma estaca, gritava: "Por que você me espeta, quando não lhe causei nenhum dano?" E a estaca disse: "Não sou eu a culpada disso, mas quem veementemente me bate por trás."

338. O arqueiro e o leão

Um arqueiro experiente subiu a montanha para caçar. Todos os animais fugiram, apenas o leão desafiou-o à batalha. Lançando a flecha, o arqueiro acertou o leão e disse: "Veja qual é meu mensageiro, e eis que então eu também ataco você." O leão, ferido, pôs-se a fugir. Como uma raposa o encorajasse e falasse para ele não fugir, o leão disse: "De maneira alguma, você vai me desviar, pois se ele tem um mensageiro amargo assim, quando vier me atacar, o que farei?"

A fábula mostra que, desde o início, deve-se examinar o fim e então assegurar o restante.

339. O bode e a videira

Na germinação da videira, um bode comia o broto. A ele disse a videira: "Por que você me molesta? Pois não há capim? Ainda assim, quando você for sacrificado, fornecerei tanto vinho quanto precisarem."

Os que são ingratos e querem levar vantagem sobre os amigos a fábula põe à prova.

340. As hienas

Dizem que as hienas mudam de gênero a cada ano e se tornam, às vezes, machos, às vezes, fêmeas. Então, um dia, uma hiena macho se colocou em uma posição antinatural perante uma hiena fêmea. Mas a fêmea tomou a palavra e disse: "Meu caro, faça isso assim e logo sofrerás o mesmo."

Isso, com justiça, diria a quem é arconte aquele que o sucederá, se sofrer alguma ofensa.

341. A hiena e a raposa

Dizem que as hienas mudam seus gêneros a cada ano, tornando-se, às vezes, machos, às vezes, fêmeas. Daí que uma hiena, ao ver uma raposa, censurou-a porque queria ser sua amiga, mas ela não aceitava. E a raposa tomou a palavra e disse: "Não censure a mim, mas ao seu gênero, pelo qual não sei se farei amizade com uma amiga, ou um amigo."

Ao homem ambíguo.

342. A porca e a cadela acerca da fertilidade

Uma porca e uma cadela disputavam acerca da fertilidade. Como a cadela dissesse que somente ela, entre os quadrúpedes, gestasse com rapidez, a porca tomou a palavra e disse: "Mas, quando você diz isso, reconheça que pare filhotes cegos."

A fábula mostra que não pela rapidez, mas pela perfeição se julga uma coisa.

343. O cavaleiro careca

Um homem careca botou uma peruca na cabeça e saiu cavalgando. Quando o vento soprou, roubou-lhe a peruca, e os que lá estavam se puserem a rir largamente. E o homem, parando o trote, disse: "O que há de estranho se me fogem esses cabelos, que não são meus e que também abandonaram quem os possuía, com o qual nasceram?"

Que ninguém se aflija pelo infortúnio que lhe advier, pois o que não recebemos da natureza, quando nascemos, isso não permanecerá, pois nus viemos, e nus partiremos.

344. O avarento

Um avarento, tendo transformado em moeda tudo o que tinha e feito um lingote de ouro, em certo lugar o enterrou, enterrando lá junto também sua alma e coração; e todo dia vinha vê-lo. Um trabalhador, como o observasse e entendesse o que se passava, escavou o lingote e o levou. Depois disso, o homem, ao vir e ver o local vazio, começou a chorar e arrancar os cabelos. Quando alguém o viu a se lamentar assim e soube por que razão, disse: "Não se aborreça assim, meu caro, pois, tendo ouro, não o tinha. Pega então uma pedra, coloque-a no lugar do ouro e finja que é o ouro: para você ela preencherá a mesma função. Com efeito, vejo que, nem quando o ouro estava aí, você o possuía como ouro."

A fábula mostra que a posse não é nada, se o uso não lhe acompanha.

345. O ferreiro e seu cãozinho

Um ferreiro tinha um cão e, enquanto ele forjava, o cão dormia. Mas, quando comia, o cão vinha ao seu lado. O ferreiro, lançando um osso ao cão, disse: "Dorminhoco infeliz! Quando bato a bigorna, você dorme, mas, quando ranjo os dentes, logo se levanta."

Os dorminhocos e preguiçosos que se alimentam do trabalho alheio a fábula põe à prova.

346. O Inverno e a Primavera

O Inverno zombou da Primavera e censurou-a porque, logo que ela aparecia, ninguém tinha sossego: um ia ao prados e bosques, aquele que tinha prazer em colher flores e lírios, ou fazer girar a rosa diante de seus olhos, ou colocá-la no cabelo; outro embarcava em uma nau e atravessava o mar, se pudesse, para visitar outros homens. E assim era porque ninguém mais se preocupava com os ventos, nem com o aguaceiro das tempestades. "Eu," disse o Inverno, "pareço um chefe e um soberano absoluto e ordeno que olhem não para o céu, mas para baixo na terra, e os forço a ter medo e tremer e, às vezes, passar o dia em casa." "Eis então por que," disse a Primavera, "quando se livram de você, os homens ficam contentes. Eu, ao contrário, lhes sou bela, e até meu nome assim lhes parece; parece-lhes mesmo, por Zeus, o mais belo de todos os nomes!, de modo que, quando parto, de mim eles se lembram e, quando apareço, disso se alegram."

347. A andorinha e a cobra

Uma andorinha, que tinha feito ninho em um tribunal, saiu. Mas uma cobra rastejou-se até lá e devorou seus filhotes. Quando voltou, encontrando o ninho vazio, a andorinha gemeu dolorosamente. Uma outra andorinha, para consolá-la, tentou dizer-lhe que ela não era a única a ter perdido os filhos. Mas a primeira andorinha tomou a palavra e disse: "Mas eu não choro tanto pelos filhos, quanto por ter sido injustiçada neste lugar em que os injustiçados encontram ajuda."

A fábula mostra que, muitas vezes, mais difíceis aos que sofrem tornam-se os infortúnios, quando vêm de quem menos se espera.

348. A andorinha e a gralha que disputavam acerca da beleza

Uma andorinha e uma gralha disputavam acerca da beleza. Respondendo à andorinha, a gralha lhe disse: "Mas a sua beleza só floresce na primavera, enquanto meu corpo sobrevive também ao inverno."

A fábula mostra que a sobrevivência do corpo é melhor que uma bela aparência.

349. A andorinha e os pássaros

Como o visgo tinha acabado de nascer, uma andorinha, percebendo o perigo que ameaçava as aves aladas, reuniu todos os pássaros e os aconselhou muitíssimo a cortar fora as árvores visguentas e, se não fossem capazes de o fazer, que se refugiassem junto aos homens e lhes suplicassem que não usassem a força do visgo para capturá-los. Mas os pássaros riram dela, como se ela falasse em vão, então a andorinha foi até os homens como suplicante. E eles a acolheram por sua inteligência e a receberam como moradora em suas casas. Assim aconteceu que os outros pássaros foram caçados pelos homens e devorados, e apenas a andorinha, como protegida deles, até mesmo faz ninhos em suas casas sem medo.

A fábula mostra que os que preveem o futuro naturalmente evitam os perigos.

350. A andorinha que se vangloriava e a gralha

Uma andorinha disse a uma gralha: "Eu sou virgem, e ateniense, e princesa, e filha do rei de Atenas", e falou também de Tereu, de sua violência e de sua língua cortada. E a gralha disse: "O que você faria então, se tivesse língua, já que, tendo ela cortada, tagarela tanto?"[6]

A fábula mostra que os fanfarrões de tanto contar mentiras criam provas contra eles mesmos.

351. A tartaruga e a águia

Uma tartaruga pediu a uma águia que lhe ensinasse a voar. A águia alertou-a de que ela estava longe de ter uma natureza apta ao voo, mas a tartaruga pediu ainda mais e insistiu. Então, pegando-a pelas garras, a águia levantou-a aos ares e aí a soltou. E a tartaruga, ao cair sobre as pedras, se espatifou.

A fábula mostra que muitos, no gosto pelas querelas, se recusam a escutar os mais sábios conselhos e prejudicam a si mesmos.

---

[6] Sobre Tereu, cf. n. 1 referente à fábula 9

352. A tartaruga e a lebre

A tartaruga e a lebre disputavam sobre quem era mais rápida. Portanto, marcaram um dia e um lugar e se separaram. A lebre, então, por causa de sua rapidez natural, não se preocupou com a corrida, jogou-se junto à estrada e aí dormiu. Mas a tartaruga, consciente de sua lentidão, não parou de correr e assim, ultrapassando a lebre adormecida, alcançou o pódio da vitória.

A fábula mostra que, muitas vezes, o esforço vence uma natureza desleixada.

353. Os gansos e as gruas

Gansos e gruas se alimentavam no mesmo prado. Quando caçadores lhes apareceram, as gruas, sendo leves, voaram longe, mas os gansos demoraram por causa do peso de seus corpos e então foram capturados.

Assim, também entre os homens, quando a guerra chega a uma cidade, enquanto os pobres, não tendo muito a carregar, facilmente se salvam de uma cidade a outra e mantêm a liberdade, os ricos demoram-se por causa do excesso de bens e, muitas vezes, se tornam escravos.

354. As vasilhas

O rio levava uma vasilha de cerâmica e outra de cobre. A de cerâmica disse à de cobre: "Nade longe de mim, não perto, pois, se você me tocar, eu me estilhaço, mesmo se tocá-la sem querer."

A fábula mostra que a vida é precária para o pobre que mora próximo de um soberano larápio.

355. O papagaio e a doninha

Um homem que tinha comprado um papagaio deixou-o viver livre em sua casa. O papagaio, que era domesticado, depois de pular para cima da lareira e pousar, lá palreava agradavelmente. Mas uma doninha, ao vê-lo, perguntou-lhe quem ele era e de onde tinha vindo. E ele disse: "O senhor acaba de me comprar." E a doninha disse: "E então, ó mais atrevido dos animais, sendo recém-comprado, você grita assim, quando a mim, que nasci na casa, os senhores não permitem fazê-lo! E se eu, alguma vez, o fizer, eles ficam irritadíssimos e me põem para fora." E o papagaio respondeu, dizendo: "Sai fora, dona da casa! É que minha voz não é tão insuportável para os senhores quanto a sua."

Ao homem maledicente que sempre tenta colocar a culpa nos outros a fábula é conveniente.

356. A pulga e o atleta

Um dia, uma pulga pulou e parou no dedo do pé de um atleta doente e, lá saltando, deu-lhe uma picada. E ele, encolerizado, preparou as unhas para esmagar a pulga. Mas ela, de um impulso, deu um salto dos seus e escapou de morrer, afastando-se dele. E o homem, levantando-se, disse: "Ó Héracles, se contra uma pulga você é um aliado assim, que ajudante você será contra os adversários?"

Então também a nós a fábula ensina que não se deve logo invocar os deuses por coisas pequenas e inofensivas, mas por necessidade maiores.

357. A pulga e o homem

Um dia, uma pulga muito importunava um homem. Então, ele a capturou e gritou: "Quem é você, que todos os membros me mordiscou, devorando-me à toa e sem regra?" E ela bramiu: "Assim vivemos, não me mate, pois grande mal não posso fazer." O homem riu e disse a ela: "Morrerá já você por minhas próprias mãos, pois qual seja o mal, pequeno, ou grande, de maneira alguma convém que brote."

A fábula mostra que não se deve ter piedade do perverso, seja ele potente ou medíocre.

358. A pulga e o boi

Um dia, a pulga questionou o boi assim: "Por que você serve diariamente aos homens, mesmo sendo assim enorme e valoroso, enquanto eu miseramente lhes espedaço a carne e avidamente lhes bebo o sangue?" E o boi disse: "Não sou ingrato à raça humana, pois me estimam e me amam extraordinariamente e continuamente me acariciam a testa e os ombros." E a pulga disse: "Mas a mim, ao menos, essa carícia que lhe é agradável é meu mais mísero infortúnio, quando calha de me atingir."

A fábula mostra que os que se vangloriam em palavra até pelos vulgares são derrotados.